ingdianjiudalu

经典旧大陆

吕玉琪/著

江西美术出版社

图书在版编目(CIP)数据

经典旧大陆/吕玉琪著.—南昌：江西美术出版社，2008.7

ISBN 978-7-80749-531-4

Ⅰ.经… Ⅱ.吕… Ⅲ.随笔—作品集—中国—当代 Ⅳ.I267.1

中国版本图书馆 CIP 数据核字(2008)第 096906 号

经典旧大陆
吕玉琪　著

出版　江西美术出版社
地址　江西省南昌市子安路 66 号
邮编　330025
网址　www.jxfinearts.com
发行　新华书店
印刷　恒美印务（番禺南沙）有限公司
开本　889mm×1194mm　1/32
印张　6
版次　2008 年 7 月第 1 版
印次　2008 年 7 月第 1 次印刷
印数　4000
书号　ISBN　978-7-80749-531-4
定价　20.00 元

目录

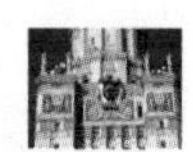

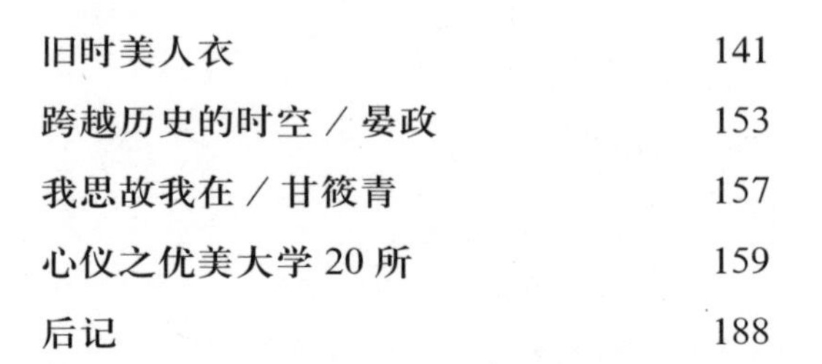

生活雅典

悠然午宴

数千年传说中，雅典城邦一直被女神雅典娜所庇护，理智而灵性。晚秋10月，在一群极富现代魅力的女孩们天籁般的歌声中，我们结束了上午在一所位于市中心职业学校的访问。因为翌日是希腊两个国庆日中的一个，学校准备放假，校长公布了一长串获奖的学生名单，女孩们歌唱的歌曲是战争中的《护士之歌》，为纪念第二天这个始于1942年的第二次世界大战希腊抵抗法西斯入侵的国庆日。绕梁不绝的曼妙旋律，让人恍如置身于公元前的海神美女们唱给古希腊英雄赫拉克勒斯的歌声中。

希腊雅典职业中学合唱团的学生们

下一站是去教育部和名校雅典大学访问，大学主楼之一就位于公元前 400 年前柏拉图讲学的雅典学院旁。陪同我们的雅典职业教育协会的官员们这时却突然提出一个动议，他们下午 3 点在卫城山下一个地道的希腊餐厅招待我们吃午餐，动议有些突然，时间却没有问题，下午 3 点正是希腊人结束一天的工作开始午饭的时间。

生活悠然的雅典早晨上班的时间很早，人们一般 7 点就到达办公室开始了一天的工作，一年中的很多时间里他们天不亮就匆忙上路赶往写字楼，街上的各色小店也在晨曦里昏黄的路灯里开门了。享受生活的美好有上午的茶歇时光，各色的希腊咖啡和茶，然后便是又一段的工作时间，下午 2 点之后陆续下班了。下班之后的时间很多，中饭这时才开始，之后大多数人还有一个长长的午睡时间，办公楼和商店都关门午休了，如此午饭时间当然是比较充裕的。

面对盛情邀请，大家决定当然尊重主人们的美好

希腊雅典职业中学合唱团的学生们

（右页）雅典街头的运动者雕塑，由一块块铁片组成，象征着运动永无止境

意愿。

离中午还有一段时间，我们赶紧着下面的访问，先拜访希腊教育部。雅典市区人口330万，是世界上最古老的城市之一，希腊教育部就设立在临街的一个不起眼的楼内。教育部国际司办公室挺拥挤，甚至有点简陋。与国际司的会谈就在司长的办公室内进行的，房间不到20平方米，门边还有一张桌子，秘书与司长同在一个办公室办公。为了方便，希方又请了两位相关司局的官员与我们一起会谈。不大的房间一下涌进了十几个人，显得更加拥挤。

希腊教育部这位女官员精练而不失高雅，有一种极为职业的政府官员的气质。她介绍道，国际司是希腊教育部的一个重要的司，负责国际学生交换等事务。她们管理得很具体，从小学到大学各层次的学生，只要涉及国际互换，都是

卫城山下与希腊职业教育协会官员的悠然午宴

其管理的范畴。

中国和希腊互换奖学金项目是从 1998 年开始的,2006 年续签了协议, 规模较以前更大,提供奖学金的部门不仅限于教育部门,还有其他部门。因为希腊计划管理的色彩很浓,部门之间提供奖学金的数量既严格又相互独立。这些奖学金主要提供给中国本科以后的学生和在希腊短期学习希腊语、研究希腊文化的访问学者等人员。为方便学习和交流,学校为中方人员提供英语授课,希腊每年都要选派若干名希腊学生赴中国学习,这些学生,同样享受由中国政府提供的奖学金。说到此,女司长似乎有点感叹,中文学习确实太困难啦,老学不会,一些希腊学生到中国的大学 3 年时间里都在学习中文,还没有进入专业学习。对此我在心里也一乐,至今我们自己也没有找到一条教外国人汉语的速成捷径,但希腊与中国在教育方面的合作是积极有效的，他们将与中国进行的互换奖学金项目已列入工作目标，成为衡量部门工作成效的一个重要标尺。两国的大学在语言教学之后的合作十分愉快，而且很活跃，双方都在开展文化和语言之间的研究与教育。

按照约定，拜访教育部之后，我们接着访问雅典大学。雅典大学建于1837年，已有近200年的历史，是希腊最古老最大的大学之一。据校方介绍，希腊许多领导阶层的人员都是从雅典大学毕业的，像大多数欧洲大学一样，雅典大学的建筑气派又典雅。学校的接待室铺着厚厚的地毯，悬挂着名贵的艺术画像，与刚刚访问过的希腊教育部形成了鲜明的对比。

雅典大学的校长每4年改选一次，校长一般都是由德高望重的学者担任。因为希腊已加入欧盟，雅典大学的学分在欧盟国家中是互认的。学校开设有东方语系，但缺乏能用希腊语教中文的教授。学校目前的东语以土耳其语为主，计划开设中文课程。希腊宪法规定，只能用希腊文教授外语，不能在公立大学开设外国语学院。在雅典大学建立一些深层合作项目的设想，因为不符合希腊宪法，也得不到实施，校方感到非常可惜。

对传统的保护和依赖，使希腊重视计划性，受传统思想的影响，一切事物的改变也比较缓慢。就教育而言，规定公立大学一般不招收外国留学生，就算招收，也要获得政府相关部门的批准，这些规定一定程度上也削弱了学校的影响力。与产生过那么多先哲的古希腊相比，背负过重使今天的教育显得步履沉重。

访问结束。下午3点，我们如约在窗外是雅典卫城的餐厅欣然落座。这时的雅典朋友们又约了几个同事前来，已经在长形的西餐桌前等待，见到我们非常开心，很远便招手致意。

午后的斜阳温暖地顺着卫城白色巨石建筑群披散开来，近处是遍布希腊半岛和爱琴海诸岛屿的橄榄树。作为和平象征的橄榄树，在神话中来源于雅典娜女神的种植，为了对付海神波塞冬用他的三角戟在大地上叉出的咸水。纯洁理性的处女神雅典娜虽为战神，却常用法律的手段解决争端，传说之中还发明了笛子、鼓、陶器、犁、马车、船等等，在

卫城山下的神庙遗址，位于一片开阔地之中，背面是全城的最高处雅典卫城

与海神波塞冬争夺雅典城保护神位置之中，被雅典人所拥戴，当波塞冬在大海中兴风作浪，雅典娜帮助人们制造了船；当波塞冬企图用蛮力制服野马，雅典娜却用成套的马具巧妙将马儿驯服，让它成为雅典人文明生活的一部分，雅典娜的和平之神象征远远超出了战争的地位。

现代雅典人餐桌上最少不了的就是橄榄，腌制的果实均是上品。希腊朋友为我们的午餐上了七八道开胃菜，都少不了橄榄油的调和。正菜还没有上，所有的人都饱了。这是我吃过的西餐中最丰盛的开胃菜，一道道上菜，让人目不暇接，大瓶的葡萄酒不停地被打开，这也是少有的随意饮用葡萄酒的中午餐，只有在希腊各地的午餐桌上可以享受到这样激发午后想象力的时光。

雅典卫城的山门，宏伟开阔，系多利亚柱式，挺拔端庄，与整个卫城的建筑浑然一体

卫城之上

在午餐后的斜阳里沿着橄榄树林中的石阶向卫城拾级而上，秋日的余晖在萨罗尼克湾水面上荡漾，眺望遥远，伯罗奔尼撒半岛背后突出的三角峰逐渐变成神奇的紫色，230 英尺之上

的卫城将雅典尽收眼底。古典与现代，文明与荒蛮，掠夺与赠予，辉煌与毁灭，专制与民主，衰落与复兴，掩映在海湾的城市群里，层层遗迹将雅典的起源与历史散落在时间的迷雾里。

可以确认的考古发现将雅典的建立推算在新石器时代，传说中的国王在公元前3000年前建立了这座城市并把

它献给了神话中的雅典娜女神，公元前 10 世纪邻近分散的城邦在相互争斗后得以统一。公元前 594 年，古代七大天才之一的梭伦受命建立一个和平稳定的社会，这名最早的理想主义改革家以其谨慎节制的政策奠定了雅典最初期的繁荣，由于长达 50 多年的梭伦政策的推行，即便在古代暴政

雅典卫城帕特农神庙是卫城的制高点和中心，是卫城中最重要的建筑，殿堂中央立着雅典城的保护神雅典娜的塑像

下的人们普遍受到贵族的剥削，城市的大型工程也得以兴建，同时雅典成为欧洲哲学家、诗人和艺术家的乐园。

公元前510年的斯巴达起义后两年，克雷斯丹尼斯颁布了雅典第一部民主宪法，在成为日后长跑项目名称的马拉松战役等一系列战役后，雅典城邦战胜波斯，迎来了改变历史的黄金时代，雅典成为希腊的领导之邦，希腊的文化中心。这个时代使雅典成为最古老的美丽都市之一，成为当时欧罗巴知识分子和艺术家们的固定家园，200年间，这里聚集和诞生了一大批才华横溢的天才和思想、艺术巨匠，古代哲学走上巅峰，苏格拉底、柏拉图、亚里士多德等等，至今在影响着世界。歌剧和戏剧也随着埃思库罗斯和欧里庇得斯的出现达到全盛时期。公

位于雅典卫城左侧的尼凯神庙。神庙一侧的廊柱，用大理石雕成6位少女的塑像，头顶千钧重量，微笑着面对如织的游客，宛如青春的化身

元前 146 年征服了雅典的罗马帝国，却被雅典的文明所征服，雅典又成为罗马帝国的文化之都，年轻的贵族来这里寻找精神家园和言谈举止的精致与文雅，以卫城为代表的大批建筑也在经历了破坏和掠夺后成为了美的祭坛，成为建筑和艺术史上的纪念碑和瑰宝。

以神庙为建筑中心的卫城等大批建筑，是雅典人用战争中俘获的其他城邦的俘虏来建造完成的。在古希腊，被攻陷的城池在大火中化为灰烬，整个城邦的居民全部被带往胜利者的城邦为奴，奴隶们被夷为平地的家乡令他们再也无法向往，举家迁徙后开始世代为奴的生活。雅典高峰时奴隶的人口甚至超过了贵族和平民。卫城的建造者们不乏奴隶中的能工巧匠和昔日的贵族，公元前 5 世纪，为了纪念希波战争的胜利，伯里克利王开始将过去仅为御敌之用的卫城大兴土木改建成一系列宏伟的纪念性建筑，沿石门而上，宙斯神庙、雅典娜神庙等大大小小的神庙依山就势、错落有致地坐落在卫城山上，整个布局自然和谐。由于地势峻峭，只留一个通道上下，登上山路便可看见胜利女神尼凯的庙宇，墙基地北面挂满了战争胜利地纪念品。沿墙转弯便是山门，山门与庙宇相互陪衬，整个布局自然和谐。

卫城不讲究对称，完全与自然融为一体，帕特农神庙雄踞山顶，是其建筑群中的中心，典型的长方形列柱式建筑，将大殿分为前后两殿，中央是雅典娜神像。尼凯神庙廊柱的 6 个娇媚少女大理石雕像青春美艳，薄如丝缎的衣裙雕刻如真实的人物婷婷玉立，栩栩如生，她们一腿微屈，一腿微立，面带微笑，头顶的花篮之上便是千钧屋顶，从膝盖到全身的比例据说是这个时代人们发现的黄金比例，所有神庙的长与宽也是由这一黄金比例所决定，阿基米德作为奴隶也在卫城的建造中效力，这些华丽的大理石被工匠切割得如此精确和雕刻得如此美轮美奂，令人叹服。青翠的橄榄树，葱郁的古柏，白色的大理石砌筑，阳光之下无论徜徉于

参观古代奥运会遗址的学生们，天真无邪灿烂的笑容

其间亦或定神遥望，都给人以无限遐想。

沿着山门的石阶往北望去，可以看见苏格拉底居住过的平民区。面貌丑陋的雕刻匠后人苏格拉底身披破旧大氅，赤脚在街头巷尾与人们高谈阔论政治、友谊、艺术和战争，他将哲学的研究从世界本源转向人类自身，在他的周围聚集了柏拉图等大批崇拜者，这些贵族的后裔不追求财富和地位，整日与他人空谈，苏、柏二人的《对话录》至今仍是哲学与文学的典范。子女们的离经叛道引起贵族们的不满，柏拉图父辈等贵族们将苏格拉底告上了法庭并致其于死地，但如此并不能阻止柏拉图成为最著名的古代唯心主义哲学家。苏格拉底的知德合一，美德基于知识，源于知识，源于教育成为理性伦理学基础。此后的雅典在公民教育、军事、体育、智育等方面均得以发展，德智体美可以称得上和谐共进。男子 7 岁入学，学习文法和弦琴，13 岁后学会了阅读和算术，熟记于心的荷马史诗和赫西俄德的诗文让他们终身

受益。13 岁到 15 岁在体操学校学习，赛跑、跳远、掷标枪、扔铁饼、摔跤五项技能是必备课程，此外还有游泳和打猎。体操学校结束后，少数精英进入国家体育馆学习，这些成为战士并充满对城邦忠诚的青年人，在接到远在伯罗奔尼撒半岛西南部的奥林匹亚传来的圣火时，随时启程前往比赛。教育所起到的示范作用已经成为古代雅典的精神支柱。

始于公元前 8 世纪，关闭于公元 4 世纪的古代奥运会在奥林匹亚划上了句号。现代奥运会 1896 年在雅典正式举行，圣火当然要从远在伯罗奔尼撒半岛的奥林匹亚点燃并传递到每个举办的城市。在 2004 年雅典奥运会时，1896 年第一届现代奥运会的主场依然被使用，白色大理石铺成的万人座台和不规则的 400 米跑道被修饰一新。雅典的城市建设因奥运会也日新月异，为此变化巨大。中国施工队据说在此间发挥了重要作用，在奥组委催促下的场馆建设在临近比赛时尚未完工，雅典人此时接受了建议请来中国建筑工程队进驻，令人乍舌的速度让现代奥运承办者瞠目。在 2004 年的奥运会主场，城市快速公交和轻轨让这一带的交通变得十分快捷和通畅，雅典的交通状况至少前进了 20 年，而政府由于债务也不得不增加税收以弥补。在主场旁的山坡上，希腊的朋友指着一片崭新的别墅让我们猜它的用途，我们都认为是这一带繁荣之后建设开发待售的豪宅，而朋友却告诉我们那原本是为 2004 年奥运会准备的裁判员住宅，当时根本无法如期完工，至今仍在建设中。雅典的生活切不可急于求成，一切犹如选择咖啡的心情，用篮子提上餐桌的咖啡，冒着香浓的热气，品种之多一时还让人眼花缭乱呢。

展出在奥林匹亚小镇奥林匹亚古代奥运会展馆中的雕像

穿行爱琴

跨过人工开凿的科伦斯运河，伯罗奔尼撒半岛被希腊人生生从希腊半岛分割了开来。由此离开了以雅典为中心的古代中北部文明区域。运河不宽，却十分峻峭。站在铁桥中间望去，峭壁距水面有上百米的距离，深深的运河里，游轮缓缓驶过，笔直的河床像被利剑切开的一般。起伏的运河河岸两端连接着爱琴海和科伦斯海峡。

伯罗奔尼撒半岛，培育了迈锡尼、斯巴达为中心的数个爱琴海城邦文明。穿行爱琴沿岸的城邦，追寻的是体育造就的文明之光。

渡过运河桥，便有琳琅满目的伯罗奔尼撒工艺品布满桥头市场，选购两顶带有长穗的红色瓜皮帽颇有意思，长穗有些像东方人给孩子留的发际命根子，男孩女孩以金边不同以显区别，帽子的形状有些像新疆地区的瓜皮小帽。再沿着科林斯和阿哥斯之间的公路向前行进约 1 小时，便到达了在公元前 5 世纪被称为“遍地是金”的迈锡尼城邦。

迈锡尼的城池建立在几座连绵的山丘之上，它是以几个相邻的城池构成，沿着核心区迈锡尼卫城外的山坡道路往上走，首先看见的便是一组组墓碑，那些城墙外的墓地据研究是妇女们的。迈锡尼卫城由厚达几米的巨大石墙组成，城门是雕刻着双狮的高耸的狮子门，砌墙的石块重达数吨，被建筑史上称为“大力神式砌筑”“独眼巨人的叠石”。在狮子门内侧，又

柯林斯运河将伯罗奔尼撒半岛与希腊半岛切割开来

是贵族男子的墓群。将墓地建在城池内,是迈锡尼人的信仰,迈锡尼人认为,他们要和祖先永远居住在一起。沿着山坡往上,是宫殿、贵族的居所、仓库等等,与希腊其他城邦的建筑相比,迈锡尼的建筑显得粗犷而简单,除了以巨石取胜,并不见其精雕细刻之处,即便是建于公元前1350年名震伯罗奔尼撒的狮子门,也只是由一个个方块巨石组成,在石门之上雕刻出护柱浮雕,以整块的长条巨石作为横梁,将双狮浮雕托

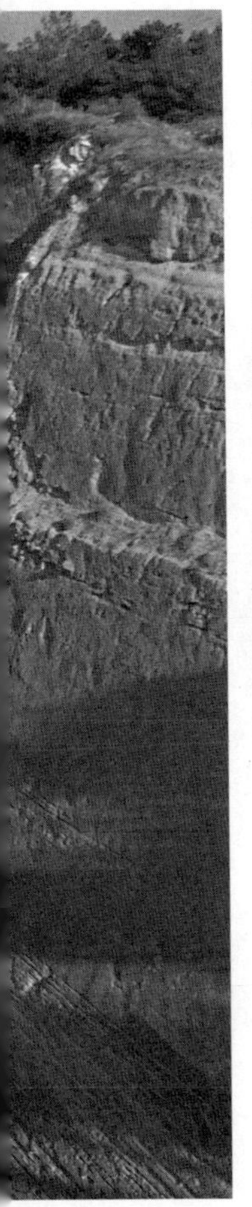

迈锡尼城邦的大门——狮子门,远古的将士们由这里出发征战,又从这里凯旋回城

起。当年迈锡尼的勇士们从狮子门列队出征，又从狮子门凯旋入城。西面的狮子门入城口和北面的入城口是迈锡尼卫城仅有的两个入城口，狮子门因其必须沿着狭窄的山路而上，路两侧又是高墙，成为护城的主要门户。

如今的迈锡尼城池仅存的只有后人发掘出的墙基遗址群，多少繁华烟消云散，多少英雄过眼烟云，文明于公元前上千年间的迈锡尼，又发生过多少惊心动魄的故事呢？莎士比亚笔下《李尔王》的故事蓝本传说就发生在这里。迈锡尼国王率领武士们出征特洛伊，将美丽的王后托付给身为贵族的堂弟，希望堂弟像待姐妹一般照顾王后，不幸却由此而生，在长达 10 年的战争终于以木马之计攻城结束时，王者归来，却不知王后与堂弟的恋情早已是城池最可怕的秘密，凯旋之夜，王后用毒药迷倒了国王，堂弟用剑从背脊刺中了国王的心脏，王权被他人占为己有。迈锡尼王室的变故引起了其他城邦的不满，窃取权力的国王终被他人所杀。“妻子不能托付”竟成为迈锡尼人留给后人的永远警句。而在历史中，长达 10 多年的战争耗尽了迈锡尼城邦的财产，使之走向衰落极可能是这一文明消亡的最真实的原因。

在古代迈锡尼文明衰落之后，迈锡尼的后人们一直就没有像样的建筑和文明。人们仿佛又回到了茹毛饮血的蛮荒年代，住着茅屋草棚等待着复兴的到来。迈锡尼卫城也被掩埋在历史的尘埃之中，尘土将它掩盖得无声无息，毫无踪迹。仿佛如同神话中的诸神，只是古人创作出来的文学传奇一样。直到 20 世纪上半叶的学者们从《荷马史诗》和《伊利亚特》的优美诗句中醒悟过来，执著的考古学家在没有线索的迈锡尼人的土地上寻找远去的文明，迈锡尼才重见天日。据说发现者是一个德国人，他用尽了生意场上积累的财富，挖掘数年而不见古迹的踪影。年轻美丽的妻子被托付给朋友，孤独的妻子终于在挖掘者耗尽资金而一无所获的那一天通知丈夫她准备另嫁他人。挖掘之人放声大哭，是夜大雨滂沱，冲刷出了现在的迈锡尼城池遗址。孤独的挖地人一夜成名。他出于对古希腊文明的热爱，决定在希腊求偶，条件只有一个，应征的希腊女孩必须具有希腊最美的人间女孩的名字“海伦”。一时间，竟引发无数女孩改名，称自己名叫海伦。

从今天的社会学角度看，公元前1000年以前的迈锡尼文明就已经相当发达了。迈锡尼人聚集地有医院、宾馆、戏院。在一片占据了数个山丘的遗址中，可以一一寻找出这些具有相当规模的社会组织的存在。埃皮达鲁斯古剧场，观众

伯罗奔尼撒半岛上迈锡尼人在公元前建成的埃皮达鲁斯剧场，剧场巧妙地依山而建，环形剧场中央的地下是一个空洞，让整个剧场能产生完美的共鸣音响效果，观众在任何一个座位上都可以清晰地听见舞者的沙沙衣响

席坐落于半山坡上，形成于一个半圆形的露天剧场，舞台在地面，令人称奇的是舞台的回声极佳，在这旷野之中，只需轻轻歌唱，回声便不绝于耳，原因只在于舞台中央的地下有一个大的空穴，制造了现代化的剧院中需要各种建筑材料才能建筑出来的回声效果。聪明的迈锡尼人如何巧妙地发现和利用了这个天然的舞台，把它修建成上万人规模的剧场，多少悲剧，多少喜剧，多少歌剧，多少默剧在这里上演呢？留给了公元后 1000 多年才发现了这里的人们无穷的猜测和想象。

在伯罗奔尼撒半岛，无处不见的植物也是橄榄树，希腊人说橄榄树浑身是宝，木材的用途不说，光果实就有多种食用办法，橄榄油据说是被医学证明最有利于心脏的食用油类，源于地中海及其内海爱琴海地区充沛的阳光照射；腌制的橄榄有上百种，被希腊人以及爱琴海和地中海沿岸的人们佐餐时候食用；橄榄枝，象征和平，而战争与和平却是历史与文学永远的主题。

公元前半个世纪之前，雅典人和伯罗奔尼撒人面临的强大之敌是来自亚细亚的波斯帝国，反对波斯人的战争共进行了三个阶段。第一阶段以波斯人镇压希腊城邦米利都的反抗而告终。第二阶段发生在马拉松平原，以雅典人和伯罗奔尼撒同盟支持米利都为起因，于第一阶段 4 年后的公元前 490 开战，同盟军以少胜多，极大鼓舞了士气，从此也有了奥运史上著名的马拉松运动。因此马拉松长跑的距离就是从马拉松平原到雅典的距离。希腊人认为那个跑去报告胜利喜讯的士兵是为了让新婚的妻子知道他还活着，为这项运动增加了一些爱情的色彩。而第三阶段战争发生在 10 年的准备之后，波斯人长驱直入，北部的城邦纷纷改弦易帜，臣服于波斯人，而同盟军中伯罗奔尼撒人却越战越勇，陆战在普拉蒂亚结束，海战在萨拉米湾完成，希腊人的自由终于在公元前 479 年被挽回。

位于伯罗奔尼撒半岛的奥林匹亚遗址中的赫拉神庙，公元前600年建成之后便是古代奥运会和现代奥运会火种的采集之处

患难与共易，有福同享难。发生于兄弟之间的伯罗奔尼撒战争，又出现于公元前431年至公元前404年，这场长达70年的战争使曾经如同手足并肩对付波斯帝国进攻的雅典城邦和伯罗奔尼撒同盟反目为仇。雅典强大的海军洗劫伯罗奔尼撒半岛的沿岸，而拥有强大陆军的伯罗奔尼撒同盟军纪严明，更能经受战争的考验，在接受了波斯王国资助建立了舰队之后，终于在海战中战胜了雅典，实

作者与迈锡尼后裔长者的合影

现了统一。伯罗奔尼撒战争是记录最完整的公元前战争，被生活于同期的希腊史学家希罗多德所详细记载。

这个时期虽然处于战争连绵的时期，然而也是古希腊文明的巅峰时期。我们在迈锡尼遗址博物馆里看到的精美雕刻和陶器，在遍布半岛的遗址上散落的文明的痕迹，都向在它衰落了数千年后以至被怀疑这些文明是否存在的人们证明着这一切。

毁灭和战火丛生的土地上哪里是迈锡尼人后代呢。离开遗址后，我们在一个乡村的饭馆用中餐，时间已近下午 2 点了，客人零零星星，用餐的人不多，但不久，大批的访客就来用餐了，最集中的一个团队是身材高大的来自斯拉夫民族巴尔干半岛的一群高中生，那里的古代马其顿王国也是古代奥林匹克运动的积极参与者。

餐厅的主人是这个家庭式餐厅一家人中的长者，身材矮小，餐厅服务员看来仅七八个人，经营的这个乡村餐厅却能容纳四五百人。我们在大厅外凉棚下的长形西餐桌前坐定，自称是真正的迈锡尼人后代的长者走了过来问候，作为服务生的儿子女儿们为我们送上大瓶盛装的红葡萄酒和白葡萄酒。菜上来了，牛肉碎末夹心茄子、西红柿夹米饭、羊排、牛肉、面条、沙拉、篮子装着的面包，如此丰盛的中餐在西餐馆中是少见的，面包和酒可不限量地享用，刚用完不用招呼迈锡尼人后代就送过来了。

迈锡尼风味餐厅

酒过三巡，长者又站到了我们的桌旁，他拿起邻桌上的一个盘子，让我们看着他，高高举起，咣的一声摔碎在地上，大家一起鼓掌。摔盘子，是迈锡尼人风俗中欢迎客人的最高礼仪，也是对我们这群远道而来的东方客人尽情吃喝、欣赏他们的厨艺的最高奖赏。

饱餐了迈锡尼人的午餐之后，下一个目标便是此行的宿营地奥林匹亚了。下午的阳光暖洋洋地洒在只乘坐了几个人的大巴士上，睡意朦胧中穿行在长满橄榄树的丘陵中，我们将奔向半岛的西南海岸，用了接近 5 个小时的时间，在奥林匹亚酒店入住时已是晚上 8 点多钟了。小镇宁静整洁，小小的市政厅就在我们酒店的后面，商业街还没有关门，所有的纪念品商店出售的东西都与古代奥林

2004年奥林匹克运动会主场馆，处处透出现代化的气息，位于雅典南郊，由城市轻轨将观众运送到这里

匹克运动有关。

公元前 700 年，崇尚体育的希腊各城邦便有了大大小小的竞技场。伯罗奔尼撒半岛上的斯巴达人因为注重身体锻炼而被称为最完美的男人和女人，斯巴达人“如果你想强壮，跑步吧！如果你想健美，跑步吧！如果你想聪明，跑步吧”的警句成为奥林匹克运动最著名的格言，公元前776年，古代奥运会在奥林匹亚举行，每4年举办一届，在夏至后月圆时的日子举行。起初的比赛仅仅是伯罗奔尼撒半岛的城邦参加，在以后300年间，逐步扩大至希腊半岛和爱琴海诸岛各城邦都派运动员参加，古代奥运会举办了整整1000年，在公元后的393年才正式熄灭了圣火。在古代奥运会举行的年间，比赛的前2个月即当年的5月便选择吉时点燃圣火，传递到各个城邦，通知那

奥林匹亚遗址中的角力馆，如今只留下大厅的柱基让人浮想当年的盛况

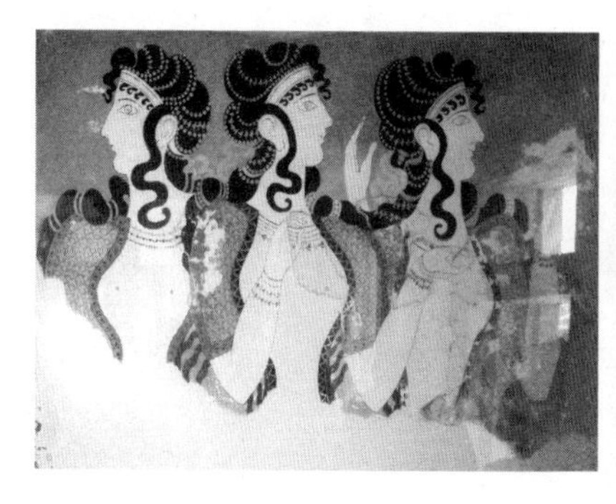

位于奥林匹亚遗址中的壁画，表现神话传说中的美神

里的人们奥运会开赛在即，所有的战事也在比赛的时间停止，谁如果不停战便会遭到半岛所有城邦的攻击。古代的奥运会运动员全部是军人，他们赤身裸体参加比赛，一则为展示自己没有携带武器，二则为荣耀古希腊人无上崇尚的天神宙斯。

翌日的太阳终于缓缓升起来，在清晨的阳光里走进这片透着神灵的遗址，一切都仿佛按捺不住。绕过宙斯的神殿，来到女神赫拉神殿前的点火台，身着一袭白衣的古代斯巴达美女仿佛排成两列就在阳光斑驳陆离中款款走来，上午 11 时，45 度角照射的日光把聚光板前的火炬点燃，最美的那个处子跪在那里将圣火缓缓举起，传递火把的士兵早已整装待发，传递到伯罗奔尼撒和雅典以至爱琴海周边的各个城邦。定神之间，那些气势如虹的武士，那些美若天仙的处子就轻纱曼舞在你的周边。

在奥林匹亚遗址可以见到在围城之内有神庙、宾馆、竞技场、角力馆等等建筑和比赛场所，举办着长跑、角力、拳

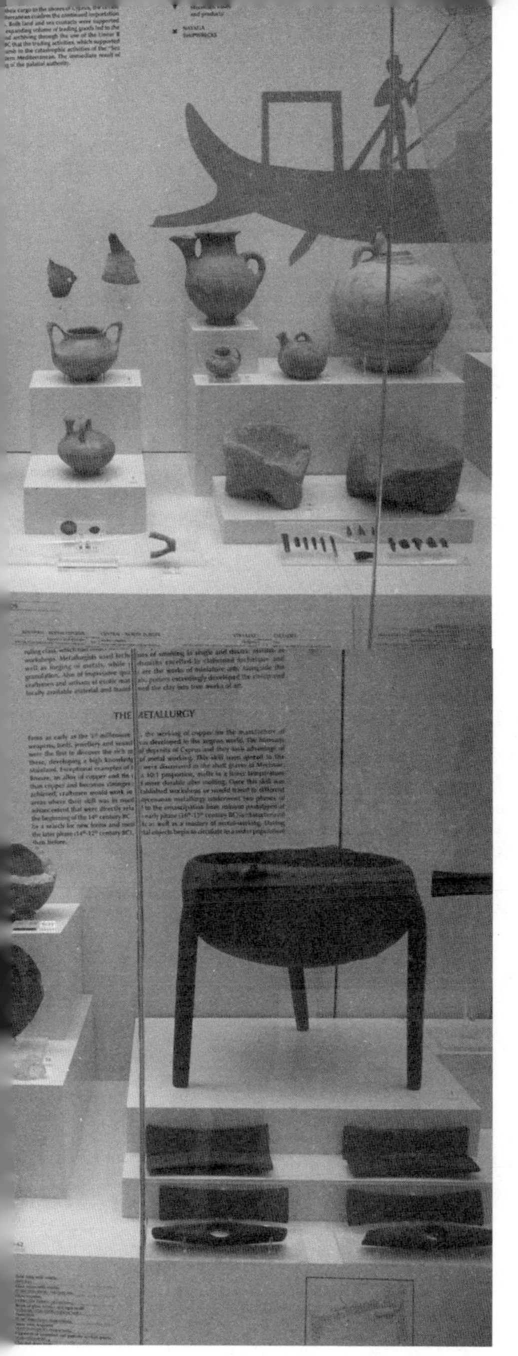

陶罐，早期人类的器皿，古希腊的人们也广泛使用

（左页）迈锡尼遗址博物馆的陈列品

击、搏斗、跳远、掷铁饼、标枪、赛马和五项全能，以至艺术表演等等项目。走过古代马其顿国王为观看比赛而下榻的行宫，经过竞技馆和惩罚犯规运动员的耻辱雕像群，穿过一道拱门，一个 400 米的田径场豁然出现在眼前，我突然听到大笑声，一群崇拜者赤裸着双脚在田径场奔跑。田径场的看台已是风化了的碎石和青草，2000 多年前欢呼的人群仿佛依然坐在那里观看，古代奥林匹克获胜者的奖品是斯巴达童男子亲手砍下的橄榄枝，和平、荣耀、友爱和纯洁，尽在古代爱琴海沿岸城邦人的心中。

古希腊雕塑中的战士形象

牛背上的欧罗巴

作为欧洲文明起源的古代希腊半岛，不论是它经久不衰的神话传说，还是后人挖掘遗址所证明的历史，都堪称为人类文明的情史和浪漫史。

欧罗巴，欧洲的名字。传说欧罗巴原是古代腓基尼国王最美的女儿，本应无忧无虑地生活在爱琴海畔的橄榄林中，与花儿为伴，与飞鸟为友，可是令花容失色、令月儿含羞的过分美貌终于惊动了天神宙斯。一天在海边游戏的欧罗巴被宙斯撞见，惊羡之下天神不能自拔，宙斯动了真心，置天上美女之首的天后赫拉于不顾，置天上地下曾经有过的无数情人于不顾，化身年轻英俊的军官来到腓基尼的王宫，甜言蜜语，鲜花美酒，甚至双眼眉宇间透出的勃勃英气都不能感动单纯可爱的欧罗巴。美是要付出代价的，古代的中国圣人也要泛舟河上，吟唱关关雎鸠，在河之洲，窈窕淑女，君子好逑；也要辗转反侧，夜不能寐，何况生性风流，阅女无数的宙斯。

从这个意义上说，与其说宙斯是古希腊文明中的猎艳第一高手，不如说这位天神是一位出色的心理分析师。面对欧罗巴的毫不动情，几番周折并未取得成功的宙斯终于从腓基尼人的口中得知欧罗巴的爱好，居然是喜欢牛。

牛在欧洲的各个历史时期的传说中似乎都有极其重要的意义，承载了太多的欧洲人的情感。于是那天黄昏，天边的彩霞映照在爱琴海辽阔的海面上之时，宙斯化身的也是一头洁白可爱的小牛，他用弯曲的牛角叩开了少女欧罗巴的家门，“骑到背上来吧，带你去美丽的海边玩耍。”天真无邪的欧罗巴信以为真，不料刚刚骑上牛背，白牛却变出翅膀飞翔去了遥远的克里特岛，在梧桐树下，宙斯亮出了自己的身份。被困在克里特孤岛的欧罗巴在以自己名字命名的一

（左、右页）奥林匹亚展馆中的雕塑艺术作品

个富庶的欧洲的巨大诱惑下，终于答应了宙斯，成为了天神的又一位情人。

这是一场精心安排好的游戏，宙斯与欧罗巴的新房由时光女神赫耳闻讯立即从奥林匹斯山上下来为他们造就。欧罗巴为宙斯生下了三个儿子。后来的境遇，欧罗巴与许多凡女一样，当然也没有逃脱天后赫拉的迫害，生活得十分悲惨。赫拉虽为宙斯的姐姐，却又成为宙斯的妻子，反映了古希腊婚姻在血缘上的回避制度尚未形成。赫拉既被古希腊人奉为婚姻生活的庇护神，又被宙斯拈花惹草的天性弄得嫉妒无度，心理极其阴暗，所有在凡间被宙斯占有的美女都逃脱不了赫拉的复仇。奇怪的是赫拉从来不归罪于花心的丈夫宙斯，而把满腔怒火都出在各个被宙斯征服的女神和凡间美女身上。可怜的欧罗巴出身于贵为腓基尼国王的人间豪门，却落得被赫拉任意处置的境地，花心的宙斯闻风早已躲到天上去了，赫拉牵来一头牛，将它许配给欧罗巴作为凡间的丈夫，认为如此荡女只有牛与之交配。

位于奥林匹亚遗址博物馆的赫尔墨斯塑像。他兼有神的使者、小偷之神、商业之神、集会之神、市场之神等称谓。雕塑表现了他抱着同父异母的弟弟小酒神，一边表现出不屑天后赫拉追杀的表情，一边又表现出对小酒神的爱怜眼神，断臂传说中可能是拿着一串葡萄，栩栩如生欧罗巴的孩子生存了下来，其中的一个据传说还成为了日后的腓基尼的国王，他们是否又是被宙斯与迈亚的另一位私生子赫尔墨斯庇护而得以幸存不得而知。赫尔墨斯作为小偷之神、商业之神等诸多神的身份集于一身者，其最大的贡献莫过于对他父亲拈花惹草之后所生的弟弟妹妹们的保护了。我们在遥远的伯罗奔尼撒半岛顶端的古代奥运会会址博物馆里，赫然发现了那座著名的雕塑《赫尔墨斯与小酒神》。赫尔墨斯，作为众神的信使，飞跑如奔的神，又被广大平民所喜爱。雕塑所表现的他一手托着刚刚出生不久的父亲的又一个私生子小酒神，一边残缺的手中据记载是拿着一串葡萄，正面看去，是对嫉妒的天后赫拉欲加害于小酒神的不屑和挑衅，仿佛在说“你来呀，你跑不赢我”！从右边看去，却又是充满了对手臂中的刚刚问世不久的弟弟充满关爱和怜悯的眼神，绝妙的神情无与伦比。这尊《赫尔

表现英雄的古希腊雕像

古代运动者的雕像，肌肉与线条流畅如同真人一般

墨斯与小酒神》的雕像也是希腊艺术代表人物普拉克西特列斯的代表之作，人物充满真实的质感，柔和而秀美，尽显生气，犹如真实的肉体光滑如玉质般地站立在人们面前。

从现存和后人仿制的古希腊作品看，古代希腊人所崇尚的是活生生的人体之美，无论雅典城邦，无论阿哥斯人和斯巴达人；无论神与人，男与女，饱满的鲜活的肉体是其艺术的最高境界。人性如此豁达，对美的认知和追求都如此真实，这一切培养和形成了希腊人对生活的情趣与追求，对爱与恨鲜明表达，对真与美大胆流露。生活的一切都尽在从容不迫之间。

希腊之行是充满传说的旅行，一座又一座的遗址仿佛神话中的人物真实地生活在那些残垣断壁之中。我们的导游是一个华侨老先生老林，手中的景点画册配有透明的当年原样的浮图，每当到达一个遗址，打开一个画册，再盖上电脑遥杆技术配置的全景浮图，令人震撼和感叹。导游有一天突然拿出自己儿女的照片给大家看，中西合璧的俊美面庞更令人惊异，原来其貌不扬的老林的妻子竟是当年老林在希腊大学时代的辅导员。

坐在科伦斯运河边酒屋的那天中午，喝了一些酒，老林娓娓道出他的故事。进入雅典大学，难学的希腊语是求学者们最困难的事情，而希腊的大学是不允许外语教学的，当年在希腊留学，校方出于关爱给他派出了一位女辅导员，姑娘有着天使般的容颜，令人着魔的身材。几番教学下来，当年的老林同学请辅导员吃饭，月光与烛光，浪漫与柔情，辅导员说夜晚太热褪去外衣，老林吓得眼睛不敢抬了。还太热，辅导员准备再褪去一件，老林忙说那就开窗吧，透进爱琴海的晚风，月光如水，窗子推开的那一刹那，得到的是愤怒的希腊姑娘一记响亮的耳光。从此这段情缘竟再也不回头了，面临无法完成的艰难的论文。万般无奈之下，老林向校方请求，派来了第二位辅导员，又一位年轻漂亮的希腊姑娘。慢慢的交流终于使双方明白了东西方的文化有多么大的不同。几年过去，有情人终成眷属，第一位辅导员也才明白这个来自东方的学生不是对她刻意的大不敬。有人说西方人的爱情是抢来的，东方人的爱情是偷来的，或许有些道理。含蓄与直白都算是美的一种，或是抱布贸丝，或是翩骑白牛。

展馆中的马匹雕像

古希腊雕塑能将长袍的细褶表现得如此丰富，将人物的曲线与情感世界也表达得浑然一体,令人惊叹

浪漫巴黎

走进巴黎，无论从哪一个角度去看这个坐落于塞纳河两岸的都市，如果不是身临其境，谁也无法想象艺术这个原本无形的东西会被如此大胆地大笔大笔涂抹到一个城市的每一块胴体上。巴黎的美当然不是仅仅用其闻名遐迩的时装和香水可以一言言尽的，即便没有这些，只要踏上从凯旋门出发直达卢浮宫的香舍里榭大街，只要在夜幕降临之时眺望灯火辉煌的艾菲尔铁塔，只要漫步塞纳河岸，看看巴黎圣母院、大宫、小宫、旺多姆广场、蓬皮杜中心、巴士底歌剧院和拉脱放斯的现代化新城，看看无时无地不有的喷泉，都会感叹这些经历战火和苦难幸存下来的艺术。

河流孕育了文明。传说中最早的巴黎建设者是古代的高卢人，随着时代的变迁，巴黎城的建设一直沿着塞纳河的两岸扩展，自从公元 1 世纪卡佩王朝建立，并将这座城市定为首都以来，近 2000 年的时间，它从未失去其首都的地位。巴黎人造就了这个城市的文明，它的浪漫气质在中轴分明的宽阔大街上，在风格各异的建筑上，在街头无数的雕塑和常人不经意的一个灯柱、一方石凳上，都可以随时随地被发

巴黎地铁,艺术与实用的结合

巴黎凯旋门一角

现。即使无数动荡的年月使这座城市无数的艺术精品被毁了,但保存下来的仍然无愧为世间之瑰宝。

现代巴黎的建设也体现了工业文明的辉煌,巴黎的地铁纵横交错,巴黎人自豪地说在这个城市里每个角落不出 300 米必定可以找到一个地铁站。巴黎的地铁大胆地跨越空间,时而奔驰于地下,时而飞起临空在高楼大厦之间, 十几条线路相互交织,换乘指示一目了然。巴黎人的热情豪放随处可见;听不懂你说的话,巴黎人按照地图上的位置指给问路人地铁线路,还不忘在转线时提醒下车;巴黎人敢于大声

夜色里的巴黎艾菲尔铁塔

说话，最令人咋舌的是小伙子们看一眼售票处，就飞身跨越检票机进了地铁站，无人喝彩，无人问津，地铁的法式浪漫。

巴黎的象征当然首推艾菲尔铁塔，这个高达 320 米的庞然大物是十分精巧地用金属交错在一起，耸立在巴黎上空。站在塞纳河畔的巴黎，无论在城市的哪里，都能看到铁塔。铁塔是为了迎接世界博览会的召开而在 1889 年建造的，当时正处于产业革命活跃的年代。巴黎人为了证明一种适应现代文明的的艺术，选择了钢铁这些最新的材料。今天，新技术革命的含义当然不仅是用钢铁可以昭示的，但艾菲尔铁塔却像悉尼歌剧院和纽约自由女神像一样，成了无可非议的城市象征。

香舍里榭大街的一头是建于拿破仑时期的凯旋门，它矗立在宽阔的戴高乐广场上，围绕着凯旋门是一条环形圈，12 条街道从这个圆点延伸向八方。凯旋门的每一面墙和顶梁上都刻着巨幅浮雕，而向香舍里榭大道右下侧的一幅，便是著名的《马赛曲》。1920 年修建的无名战士墓就坐落于凯旋门的拱洞之下。宽阔的香舍里榭大道两侧是散步公

园式的林荫大道，露天酒吧和餐厅就摆在这条散步道上。初夏时光，白桌椅上撑开一把太阳伞，一排排列队开来，真是一种独特的风景。在香舍里榭大街尽头的协和广场中央是埃及方尖碑，沿着这条笔直的中轴线下去，又是具有英国式建筑风格的悦乐丽园，它绵延1公里，连接着卡鲁赛尔广场和举世无双的艺术之城——罗浮宫，站在这里回头望望大街那端遥远的凯旋门，像站在大街中央的一个巨人，两排绿荫线条分明，这边的方尖碑和喷泉与之遥相呼应。

巴黎的喷泉之多之美也是最令人难以忘怀的，单就看看凡尔赛宫后花园中迷阵般的喷泉群落，看看卢森堡园的观象台喷泉，看看协

巴黎凯旋门下永不熄灭的圣火

(左页)正面的巴黎凯旋门

和广场那两座扑朔迷离的喷泉，就令人流连忘返，凡尔赛宫用几何学的原理布置的花木雕像，正是因为有了几十座分布在各个角落的喷泉，一扫其数学的枯燥，变成了多彩多姿的世界。再沿着绿草坪走下去，阿波罗驾着四马战车跃出水面，四周的水妖吹着海螺，海怪齐鸣，人物和动物极富动感，栩栩如生，加之周围百公顷丛林里的大小喷泉群和这座主喷泉之后大片绿茵地及几公里长的大渠，使之成为法国那个时代建筑艺术的典范之作，喷泉对于巴黎可谓无所不在，也许巴黎人不能忍受没有喷泉就像不能忍受性格中没有浪漫一样，如果真的没有喷泉，远远不止是艺术和建筑史的缺憾。

罗浮宫中的维纳斯

葡萄架下的香浓土地

进入法国西南部的波尔多地区，大批的葡萄园忽然映入眼帘。也许是我坐在汽车上眯瞪着了一会儿的原因，葡萄架刹那间漫山遍野，在一望无际的平原和低矮的丘陵之中望不到边际。狭小的乡间公路将葡萄园中一个个酒庄连接起来，每一个通向酒庄的路口都标志着这户酒家明确的酒名和各种标识。

波尔多地区地处加仑河下游，是法国自古以来的酿酒业中心地区，同时也依靠着大西洋天然良港的地位，将红酒和白兰地销往世界各地。波尔多红葡萄酒一直被认为是世界葡萄酒中的皇后。温暖的大西洋暖流，充沛的日照，将绵延 1000 多平方公里盛产的葡萄变成了高质量的上品，为红酒的生产提供了源源不断的原料。

路过一家又一家的酒庄，进哪一家去品尝真让人有些举棋不定，我们最后选定了一家葡萄园深处的小庭院将车停了下来。院子的男主人是一位 50 岁左右的波尔多男人，红红的面膛，长年在外劳作让紫外线在他的脸上留下了健康的深棕色印记。他正要招呼我们进去，两条有半人高的大

波尔多酒庄的制葡萄酒机器

黑狗从角落里窜出来吠叫着扑了过来，主人马上叫喊狗的名字，狗们一个急刹车立在栅栏旁。酒庄主人憨憨笑着，不好意思，拉住狗的铁链，让后面出来的女主人牵到了一边。

走进一个像小车间似的房间，我们看见榨汁机正把刚刚发酵过的葡萄榨出汁来，一根皮管通向巨大的木盆里，深红色的葡萄汁缓缓流出。主人拿出一个铁皮大勺，从木盆里勺出红酒让我们品尝，每人一大杯。刚刚榨出来的红酒汁还没有经过脱糖，也没有经过橡木桶的贮存，味道很甜，度数也不高，口感好极了。喝完新鲜红酒，主人带我们进入了贮酒屋，墙的四周一排排小方格组成的酒架直通到屋顶。这里贮存的酒是完全发酵好的，从橡木桶灌装出来准备出售。橡木桶是存在地下室，并没有让我们参观，瓶装好的酒还没有贴上商标，但是按年份不同放在不同区域。主人拿了3瓶3个年份的酒出来，打开让我们品尝，贮存过的酒更加香浓，口感有些许酸涩，回味更持久。葡萄酒里的学问太大了，单靠一次的旅行是不可能学会的。在波尔多有全世界最著名的品酒学院，只要拿到这个学院的证书，在全世界任何大酒店担任调酒师都是很受欢迎的。

在波尔多，最有名的酒庄有5个，玛歌、勒图、奥比昂、拉菲、慕顿罗特希尔特，虽然我们去的不是这些大型酒庄，但是在这个传统的地道农家小型葡萄酒庄也怡然自得，那个下午的时光完全沉浸在红酒里，其乐融融。

除了红葡萄酒，在波尔多还有各种不同风味的上乘葡萄酒：干白酒、甜白酒、玫瑰红、特优酒、酒堡酒及品牌酒，能满足不同的选择并带来充分的欢乐。所有这些红酒中，波尔多的红酒最为高贵。这是因为它源自于漫长而细致的酿造方式，红葡萄及其去皮粹取出的葡萄汁混合，在发酵中，技巧的处理在于浸皮的过程及时间，以控制红酒清澈动人的颜色及酒中丹宁的含量。

当发酵完成后，需要一段缓慢及细心的过程，将酒中慢慢沉于发酵槽底的酒渣抽取出来；接下来是选出品质最好的酒以调制同品质的葡萄酒，同时将不同的葡萄酒以完美的比率结合。如此不但可提升酒的品质，还可保留着各种不同的风味及因结合而发展出的独特风格。经数月或更长时间的成熟过程，由橡木桶或发酵槽以至装瓶封盖后，波尔多红酒依然持续变化着，可以长期保存以等待它的丰润成熟。

离开酒庄，我们去寻访波尔多葡萄酒学校。这里教授的学生主要是学会如何品酒。随着学校名气越来越大，葡萄酒学校也开始走向国际化的路子，把课程与一些盛产葡萄酒的国家进行合作办学，酒的质量管理条例和酒庄的分类都适应新的变化而愈加国际化。在这里，我们遇到了一位来自山东的中国女孩，短短几个月的学习已经使她品酒的水平有了质的变化，她的目标是学成后回到北京去从事与葡萄酒有关的工作，听上去品位极高。

来到波尔多市区，这里被人称为极具英国风情的城市。城市最古老的圣米歇尔教堂位于旧市区南端加仑河畔，面对广场。它建于14世纪，和另一座圣安德瑞教堂同为波尔多市区哥德式建筑的代表。在此教堂中最引人瞩目的，当数15世纪建造，1865年修整过的圣米歇尔塔。这座高374尺的塔是全法国最高的哥特式尖塔，爬到顶端可以将波尔多风光尽收眼底，天气晴朗时还可以远眺大西洋。此外，位于教堂前的卡特罗帕广场中央克罗香钟楼，建于15世纪，是波尔多市的坐标。波尔多是法国西南部阿基坦大区和纪龙德省首府所在地，是欧洲大西洋沿岸的战略要地。

由比利牛斯山北麓流下来的雪水和雨滴，在山谷间形成涓涓溪流后，向北面低缓的平原流淌而去，汇集成法国西部最大的河流——加仑河，这条略偏东南至西北的大河，孕育了法国西南数个城市，也冲刷出法国最大一片葡萄酒生产区。波尔多拥有优越的地理环境，虽为河口，却在数十公里狭长的基隆德湾护卫下，免受飓风的冲击，港口平静而开阔，既有海洋的无限空间性，又有平原都市的广大腹地。优越的天然环境使人们有条件进行建设，不论是商业、艺术、宗教的建筑都显现出不凡的气质。

今日的波尔多依旧繁华，葡萄酒的产量带动繁忙的港口贸易，使之保持着法国重要城市的地位，也是法国大西洋岸最忙碌的港口和工商城市。没有波尔多，法国将失色不少，法国之行如果没有波尔多，一定是无限遗憾。

卢瓦河上的秋天

巴黎近郊枫丹白露行宫室内的壁画

刚刚告别了美轮美奂让人惊叹的枫丹白露，一个多小时后又到了华丽的香波堡。香波堡是卢瓦河谷所有城堡中最宏伟的一个，有着500多年的历史。附近的居民常把具有王者风范的香波堡与阴柔细腻的舍侬索堡封为法国古堡里的一王一后。卢瓦河河谷上的一座座城堡是法国贵族生活气味最浓厚的地区，盛产木材、葡萄酒，法国历代的国王和贵族不惜重金在此打建狩猎宫殿，甚至还不时举朝迁移至此偏安一隅。

枫丹白露的秋景

枫丹白露通向宫殿内的石阶

枫丹白露宫内的长廊

法国香波堡远景

香波堡的兴建，要归功于文艺复兴时期法国显赫一时的国王弗朗索瓦一世，他从意大利请来了艺术大师达·芬奇等人，竭尽所能地把意大利文艺复兴时期的辉煌艺术和建筑风格移植到法国，为法兰西的文艺复兴奠定了基础。1515年弗朗索瓦一世继位后，他出征攻克了意大利的米兰省。返回法国后，为了纪念其在马利涅的胜利，也许更深层次是受到文艺复兴时期意大利建筑风格的影响，这个痴迷于狩猎的年轻国王在4年后开始修建香波堡。在他的概念中香波堡完全保留了中世纪要塞的外观，从空中看，中央为一座城堡主塔，四周有四座圆形塔楼和两座侧翼建筑，并用围墙围住整个建筑物，是旧式法国形式与意大利文艺复兴时期创新建筑完美的结合。

作为狩猎行宫，香波堡成为了法国拥有多项超纪录的城堡：城堡宽156米，深117米，有440间房间、365个暖炉、14个大阶梯。双旋梯是这座王宫最著名的建筑体。

卢瓦河上的香波堡一角

在卢瓦河谷大森林中间，如果从正面看香波堡，它又是一个中央聚集了许多繁杂的小塔的组合体，两边各一个大型侧翼使它显得相当稳固。365 个壁炉，每天点一个，每个壁炉每年只用一次。1517 年，达·芬奇首次被邀请到法国宫廷，为香波堡的建筑绘制了几幅设计草图。城堡的建筑正式动工后，花费了 15 年的时间，其中央部分才得以完成。城堡的占地面积宽阔，一半用来当作花园，一半是森林，当时的国王购下了附近的大片土地。附近绵延的森林与蜿蜒流过的卢瓦河一起构成了它独有的风光，是当时全法国野生动物最多的区域之一，因而成为贵族们狩猎的黄金地域。如今，昔日王公贵族狩猎之地成了法国最大的公园，占地 5430 公顷，公园里的 4000 公顷森林属国家级保护区。

当年，为了建这座宏伟的行宫，为了筹集建筑费用，弗朗索瓦一世不惜砍掉了两片茂密的森林，作为最初的资金，他还滥用权力，强行调动了教会的财富用来建堡。到他去世

香波堡内部庭院的角落

舍侬索城堡的方形园林

时城堡的主楼虽已完成，但离整个城堡彻底竣工还相差甚远。直至150年后，才由路易十六将它彻底建成。

法国历史上的许多重要人物都在香波堡留下了印迹。城堡内的空间也是依弗朗索瓦一世的奢华品位而设计。中世纪的欧洲城堡出于建成易守难攻之域的考虑，都设计成顺时针的螺旋阶梯，上攻者会受制于右手空间不足而难以挥剑。不过，香波堡虽然也循此例将楼梯设计成螺旋状，但因为已经无需考虑军事要塞的功能，所以将楼梯设计得宽敞又美丽。而楼梯为何要双向螺旋呢，据说这是出自达·芬奇的奇想，一边人上楼，一边人下楼，如此一来，国王的情妇们便不会狭路相逢了。顺着螺旋双梯向上走，仔细观赏，会发现香波古堡的设计十分繁复，方正的建筑主体，在角落各伫立一座圆塔，四面均有楼塔围绕环护，相当细致周到。漫

法国舍侬索城堡，建在河上的城堡

（左页）法国舍侬索城堡外的四周方形园林

步城堡，双旋梯上下，多少香艳的故事曾发生在这里，令人遐想无限。

有人说卢瓦河地区的法语是最纯粹的法语。在这里，诞生了法国现代小说之父拉伯雷。拉伯雷曾说“生我养我者，正是卢瓦河谷这个法兰西花园”。卢瓦河谷不仅孕育了拉伯雷，还有巴尔扎克、笛卡尔等法国名人，巴尔扎克的《人间喜剧》也是在河畔写成。他们的生活，他们的作品都与河谷的美丽分不开，同时也让这个法兰西花园更添一份幽幽的书香，可以说是卢瓦河造就了他们，而他们书写了卢瓦河。18—19世纪，没落的香波堡逐渐被世人遗忘，很难让人对中世纪的华丽产生浪漫的联想。直到20世纪香波堡才又被重新布置修整开放，才使后人们认识到它的华丽和价值。文化和教育有时看似很近，有时却看似很远。透过文化，往往能看到历史沉淀下的教养和文明。

前往舍侬索城堡是几天以后的事情了，在结束访问普瓦捷返回巴黎的时候，如约来到了这个美轮美奂之地。这座城堡的建立，据说就与当年普瓦捷女公爵有着直接的联系。穿过正对着城堡的花园，舍依索堡映入眼帘。它确实比香波堡秀气多了。而且它就建在河上，在河水的映衬下，更加妩媚动人。周围的景致和城堡融合在一起，显得特别美丽。舍侬索美不胜收的花园，幽静的雪松林，奇特的建筑以及浪漫凄美的故事，更映衬着城堡显得美妙绝伦。当年，许多“风流”女子都曾在此居住：弗朗索瓦一世的财务官之妻——凯瑟琳·布里索耐、亨利二世的漂亮情妇——狄安娜·德·普瓦捷，还有凯瑟琳·德·梅迪契，架设于卢瓦河支流察尔河之上的华丽长廊就是由她修建的。后来，著名作家让雅克·卢梭来到了舍侬索，爱上了这个城堡的女主人，但是据说女主人并没有接受年轻哲学家的追求。

法国舍侬索城堡内的壁炉

远处看去，舍侬索城堡左右两翼分跨卢瓦河支流察尔河两岸，中间由五孔廊桥相连，被人们形象誉为“停泊在察尔河上的船”。城堡建筑风格极具文艺复兴时期的奢华优雅风格。因为这里曾经居住过多位国王的爱妃和贵妇人的关系，和古堡相关的轶事总少不了爱情的影子。我们戴着自动解说耳机，动人的解说员声音悠悠然，让人一闭眼就能看见故事就演绎在眼前。最著名的“传说”当属亨利

(上)舍侬索横跨察尔河的室内长廊

(下)舍侬索城堡内的壁画

(上) 舍侬索的古老家具。多少香艳故事发生在这里

(下)舍侬索城堡内的大幅壁毯

(右页)舍侬索城堡的走廊

二世的情人狄安娜和王后卡特琳娜之间的争风吃醋,这座优雅空灵的城堡原是亨利二世赠给狄安娜的礼物,后来亨利二世在一次试枪比赛中丧命,后宫大乱,卡特琳娜获得大权,赶走了狄安娜。经过历代女主人的细心打理,城堡的装饰和摆设更显法国式的浪漫和典雅,徜徉在古堡横跨河两岸的室内壁画长廊,看着布置华丽的房间,多少王公贵族的浮华香艳旧事发生于此。

漫步舍侬索，一直让人觉得笼罩在一种浪漫和温柔的幻境之中，游人行走其间不由自主会被这种感觉吸引和包围。河上分建的两个大花园，宛如两幅图案精美的地毯。因为先后有多位王后、宠妃和贵妇人在这里居住，因此舍侬索城堡又称“妇人堡”，缠绵故事如今大都深藏水底，无语东流。

走出舍侬索，我们从左侧的花园走出，回头看看水上的城堡在水中的倒影，真有一种人间仙境的感觉。从花园通往大门的林间小道，金红的落叶铺满了深秋的路面，林间松鼠在奔跑，并不怕人，时常驻足观看游客。路边的水渠里色彩斑斓的野鸟在水里游泳，悠然自得，舍侬索堡神秘和浪漫与田园的恬静深深印在人们的心里。

(左页上)远处水影中的舍侬索城堡

(左页下左)法国卢瓦河城堡园林中的动物

(左页下中、右)法国园林中景致

(右页下)法国城堡中的地下藏酒窖

舍侬索城堡外的秋景

普瓦捷之缘

与普瓦捷这个法国西南部的城市结识，是缘于曾在普瓦捷大学留学多年的甘筱青博士。普瓦捷是法国著名的大学城，普瓦捷大学成立于1431年，是欧洲最古老的大学之一，由教皇欧仁四世创办，后由法兰西国王查理七世下诏书予以承认。在16世纪的文艺复兴运动中，普瓦捷大学发挥了重要的作用，成为在法国影响力仅次于巴黎大学的高等学府，当时的在校学生就达4000人，学术自由、思想自由是这座大学城一贯的传统，普瓦捷也由此成为一所充满了人文色彩与鲜明个性的大学，培养了巴尔扎克、隆萨尔、拉伯雷、笛卡尔和居里夫人等一大批名垂青史的学生。目前校内有学生28000人，其中有来自世界90多个国家的留学生2000多人，大学生占据了城市人口的近1/4，是名副其实的大学城，整个城市也因此充满了年轻的活力。

自从普瓦捷大学与南昌大学开始合作以来，众多来自中国南方的学生就读于普瓦捷，孔子学院也随着汉语热的到来在这座古老的大学城开设了起来。

专程去普瓦捷已经三次了，记得第一次与已在南昌大学担任副校长的甘博士一道前往，是在 2001 年的 7 月。国内的南方很热，在巴黎下了飞机后因为晚点，戴高乐机场开往西南部的高速列车已经没有了，偏偏那天行李出得也慢，老旧的行李传送带吱呀吱呀老停，等拿到行李我们急忙上了公共汽车，去市内的里昂火车站赶火车去普瓦捷。那年的法国夏天出奇的凉爽，窗外下着点小雨，巴士司机虽然穿着短袖，却把车上的暖气打开了，登时觉得很暖和，和深秋一般。

高速列车到普瓦捷很快，只用了不到 2 个小时。天黑时我们住进了市中心一条狭窄的街道里石头路面的一家老式宾馆。城市出奇的安静，一直睡到第二天醒来竟不知道时间。后来几

法国普瓦捷市的中心广场

普瓦捷古老的城墙

次坐汽车从高速公路进入普瓦捷，住在郊区的现代化宾馆里，这种感觉便失去了许多。

普瓦捷不大，有人说，迎面走过去三个人，便会有一个是大学生。古老的大学建筑散落在小城中，小城也处处是大学的影子。

普瓦捷是普瓦图—夏朗德的首府，建在克兰河与布瓦夫尔河汇合处的岬角高地上。人口 10 余万。该城扼法国两大平原之间的通道，自古以来就是兵家必争之地。507 年法兰克人在这里举行了一场惊心动魄的战争，血流成河，最后取得了胜利。后来阿拉伯帝国日益强大，他们在打败了骄傲的西班牙骑士之后，732 年又挥旌北上。铁锤查理率领法兰克重骑兵，在普瓦捷附近击溃了北上的阿拉伯军队，解除了伊斯兰教对基督教西方的威胁，此役在欧洲历史上是一件影响深远的大事。

作为连接法国南部和北部的要塞，古代的普瓦捷早已习惯了硝烟四起。1200 年英国人又包围了这座孤城。法军拼死相守，久攻不下的英国人暗中收买了普瓦捷市长手下的一名亲信书记官，企图在复活节那天晚上打开城门让英军悄悄进城。在平常，忠于职守的市长总是把一串沉沉的钥匙塞在枕头下面。变节的书记官，他利用进出的方便，潜进了市长的卧室，东翻西找，但是怎么也没有找到城门钥匙。书记官急得浑身是汗，却无计可施，只好悻悻地离开了市长的卧室。

也许心身俱惫的市长太累了，整天疲于奔命，忙于防务，并没有发现有人来过。他一大早醒来，一摸枕头下面，钥匙不见了，顿时惊出一身冷汗，趁着晨曦起身赶往市中心的圣母教堂，祈求圣母保佑普瓦捷不落入敌人之手。虔诚的市长默诵心愿后一抬眼，猛然发现那串钥匙就插在祭坛之后圣母雕像的手中！吃惊的市长猛然悟出这里面肯定必有玄机，急忙下令后备部队持械登城。果然英国军队已经做好了进攻的准备，他们正等着书记官应约而至打开城门，攻入城池。

等待了一夜的英军正为书记官的失约咬牙切齿时，城头突然出现了圣母玛利亚和一个男人的灵像。英军将领吓得急忙下跪谢罪，随后率兵撤离了战场。撤退的过程中，已成惊弓之势的英军被一支部队挡住了去路，以为法军设下了埋伏，一阵残杀后才搞清是自己的增援部队。这之后，元气大伤的英军很长一段时间再也无力进扰普瓦捷。

在城市传说中，与圣母玛利亚一起显形的那个男人是普瓦捷城教堂的已故主教圣依莱尔。他被普瓦捷人的英勇与虔诚感动，显形吓退了英军，使普瓦捷躲过了一场屠城的浩劫。其实这仅仅是一个传说，帮助普瓦捷击退英军的，首先固然是易守难攻的高大城墙和不屈不挠的战斗意志。

1429年的春天，圣女贞德在普瓦捷现在的大教堂路 53号，被神学法庭起诉犯有魔法罪，被判火刑活活烧死。法国导演吕克·贝松的电影《圣女贞德》再现了那精彩的一幕。面对法庭，贞德神情自若地为自己辩护："我就是一个女孩，一

普瓦捷市街道的人行走廊

一个可怜的女孩。”可是，功高震主，在任何一个王朝的结局都是一样，贞德一呼百应的号召力已经威胁到了王者的宝座。她被送上火刑架，那是再自然不过的结局了。经过普瓦捷的大教堂路，人们自然而然的会想起这个令人伤心的历史故事。

在普瓦捷，值得游览的还有近郊城镇在内的罗马式教堂。首先是位于城区的哥兰德圣母院和圣蒂雷尔·格兰教堂。哥兰德圣母院有着松冠一样的房顶，是典型的12世纪教堂。柱子上残留着彩色的痕迹，仿佛是被穿过窗户的光线涂抹上去的一样。整个建筑虽由厚重的墙壁而建，但丝毫没有让人感到沉重。圣蒂雷尔教堂的位置稍微偏离市中心，是一座11世纪建造的教堂。它将多重的拱门，巧妙地组合在了一起。另一个同时要看的教堂是圣约翰洗礼堂，是建于4世纪法国最古老的洗礼堂，画在墙壁上的壁画土色加上黄、红混色，颜色迷人。

除了古老的城市和教堂，普瓦捷所在的普瓦图—夏朗德地区的美誉还与当地的精美特产白兰地酒格涅克密不可分。生活在普瓦图的人们知道怎样耐心等待美味果实的成熟，酿造高度数的美酒。

普瓦捷在法国之所以有名，除了多次抵御外辱的战争和美酒以外，更重要的是因为在这个城市占有重要地位的普瓦捷大学。对知识的渴望和探求在这座文化古城有着十分醇厚的传统。其学生与居民的比例不亚于牛津与剑桥。在著名的校友中，人们最津津乐道的是大师笛卡尔，一位哲学家、天文学家、数学家、思想家诸多桂冠汇聚一身的集大成者。传说中一个夏日的傍晚，在普瓦捷大学听了一天课的年轻学子笛卡尔手持书本出了校门，经过圣母教堂，他突然站住了，突发奇想：几百年了它一直矗立在那里，用经久不息的钟声吸引信徒。那么我呢，我是谁？除了笛卡尔这个名字符号之外，什么可以证明晚霞辉映下的我不是虚无的存在？我的生命是否会如同身后留下的浅浅脚印一样稍纵即逝？笛卡尔继续往前走，眼前出现了那条流淌了千年的克兰河。他坐在河边，苦思冥想。远处教堂钟声悠扬，年轻的笛卡尔忽然心头一亮，连忙掏出笔来，写下一句千古名句：我思故我在！这句名言使笛卡尔成为哲人，也激励着一代代学子从千万里之外来到普瓦捷成为普瓦捷大学人。

笛卡尔的命运与诸多大师一样，生前寂寞，逝去后获得的荣耀远比生前多得多。法国大革命后，笛卡尔的遗骸被移进了卢浮宫，供人瞻仰。之后他的头颅更是经历了不可想象的遭遇：一次展览时被偷梁换柱，先后多次易主，每个主人都先后在头骨上刻下自己的名字后转卖给下一位，最后一位买主花了 37 个金法郎。后来著名化学家贝尔斯留斯将它赠送给了库维埃的一家人类学博物馆，笛卡尔的头骨才算安顿下来。笛卡尔头骨的奇特遭遇也许是法国人独特的怀念方式吧。

普瓦捷没有辜负法国历史和人文赋予的积淀，圣母大教堂西北部如今是崭新的多媒体图书馆，全法远程教育中心总部也坐落于此。1987 年，城北 8 公里的郊区新建了“展望未来”主题公园。每年吸引着近 300 万游客来到这里，人们可以观赏立体电影、全景电影和多银幕电影等各种各样的高科技新型电影，以及如身临其境的高清晰度电影。现在普通电影放映时每秒种为24个画面，而这种采用新技术的电影每秒种为60个画面，图像极其清晰，让人备感身临其境，就生活在电影之中。公园中央的小湖畔，有一座造型奇特的建筑，似一个巨大的菱形“晶体”斜插在地上，棱角斜向蓝天。无数镜面镶成的晶体在阳光照射下变幻莫测，倒映在波光粼粼的湖水中，巨型银幕电影馆就设在这座大“晶体”群中。走进电影厅落座观看，长方形银幕面积达600平方米，足有3个网球场大。

法国普瓦捷小城的市中心剧院

展望未来公园是一个开放式的绿色园地，绿草茵茵的草地一端，就是普瓦捷大学建于上世纪90年代的新校园区。除了古老的法学、医学、神学和经济学等学科保留在小城中心的大学校区以外，新兴的电子、航空等领域的学科都迁到了这个新校区内。新校区开阔而富有现代气息，每栋建筑为一个学院，每个学院的建筑都各有特色，建筑风格与自己的学科息息相关。

在城中校园的一角，新开工的一排新式教学群楼中，投资2000多万欧元的孔子学院也已经开工。普瓦捷

普瓦捷街景，宁静而整洁

大学孔子学院是中国在法国建立的第一所孔子学院，学院的开办得到多方的支持和关注，学院在中国北京人民大会堂得到第一批孔子学院的授牌。因此，我的第二次普瓦捷之行是在 2005 年 10 月，去参加中法合作的孔子学院揭牌仪式。中法双方都派出了众多嘉宾，中国驻法大使馆的外交官、江西省政府的代表团都如期抵达普瓦捷，小城一时热闹起来，连小城中国餐厅的温州老板都满面春风。揭牌在普瓦捷大学最古老的校园，现在为校行政办公楼的市中心建筑内举行。法国普夏大区行政长官兼维恩那省省长本帕德·普洛文斯特、普瓦大区副区长马丁·德本、维恩省议长阿兰·福确、普瓦捷市市长捷克恩·圣确等法国方面嘉宾出席揭牌仪式。有意思的是，法国驻军陆海空的高级军官也出现在揭牌仪式会场，笔挺的法军军服让会场增色不少。法国普瓦捷大学校长金皮尔·盖森说，非常高兴中国能够把在法国的首家孔子学院设在普瓦捷大学，普瓦捷大学将专门为学院修建一座教学办公大楼。他说，孔子学院已经获得举办本地区中国汉语水平考试的资格，这将为未来法国培养大量的汉语人才发挥积极作用。设立这一学院的重要性在于让更多欧洲人尤其是法国人，在除了知道中国商品之外，更多地认识中国文化和人民。

2007年金秋 10 月的时候，我第三次来到普瓦捷，参加孔子学院参与合作的全法远程教育中心"网上中文课堂"的开通仪式。孔子学院主楼已经接近封顶，这栋建筑作为学院最新建设的 7 栋新楼的第一栋，显示其教育更加开放，与东方古老的中国更加密切，小城的魅力也将增加更多的色彩。这之后不久，在北京召开的孔子学院大会上，从 210 所海外孔子学院中评选出 20 所先进孔子学院，普瓦捷大学孔子学院名列榜首，受到嘉奖。

普瓦捷市中心悠闲的人群

普瓦捷城临街的酒店，古老而宁静，住宿费用不亚于星级宾馆

寻访蓝色海岸

马赛的普罗旺斯鱼汤

南下法国南部的海岸，同行的甘筱青教授一开车就建议晚餐去吃普罗旺斯鱼汤，他知道在马赛有一家很不错的法式传统餐馆，经营的普罗旺斯鱼汤在马赛颇有名气。美食美景，蓝色海岸的头一站就让人充满期待。

马赛是法国的第二大城市，又是法国第一大港口，历史名城。法国大革命时期，500多名马赛士兵进军巴黎途中高唱《马赛进行曲》，激发了大批革命者的激情，使马赛享誉世界。传说中马赛的建立是古希腊探险队长普罗提斯为了与位于现在法国东南部的利古里亚部落首领那思建立友好关系，应邀参加那思的招婿大会，盛宴上首领的女儿向普罗提斯送上了一杯水，以此表示愿意嫁给他。为此这位做客的希腊探险队长戏剧性地变成了利古里亚首领的乘龙快婿，抱得了美人的船长又接受了岳父大人恩赐的土地，在这里建立了城邦。马赛城市的开端竟源于一个传奇的爱情故事。

到达马赛天色还早，我们直奔马赛旧港，这个在15世纪建立的港口是路易十二时代的大港，港湾长方形，船道狭窄，地势险要，可谓城市心脏地带。老城的主要部分在旧港的北边，在建城之后依靠海洋贸易和捕鱼业，使城市很快富裕起来。后来利古里亚人从希腊人那里学会了种植橄榄树和修剪葡萄枝，马赛也变成了橄榄油和葡萄酒的重要产地。

登上老城区的守护山小教堂，可以看见海面上的马赛诸岛中最有名的伊夫堡岛。守护山小教堂由弗朗索瓦一世在 1477 年建立，1853 年又经过当时的著名大教堂设计师伊思皮拉迪按照罗马－拜占庭风格重新设计修改，成为

法国马赛朗乾宫，经典的西方园林建筑

了现在的守护山圣母教堂。对面海上的伊夫堡岛，原为法国国王弗朗索瓦一世为保卫马赛建立的海上防御工事，在16世纪被他的继承者改成了国家监狱，大仲马的名著《基督山伯爵》中传奇主人公的原型就出自于此。伊夫堡四面环海，即使挖通地道跳入大海，在冰冷的海水里逃生的希望也是非常渺茫的，如果基督山伯爵真是如此这般逃狱成功，他

马赛朗乾宫一角

的毅力和体力也绝非常人可以相比。

夜灯初上，港口的棕榈树在海风里轻轻摇曳，港口上的游艇白茫茫的一片，维护工在为游艇清洁和保养，买游艇是一种地道的奢侈，除了花在艇本身的费用，停靠和维护都得有专人并交纳费用，比玩车族要更上一个台阶了。在渐渐降临的夜幕中，我们驱车离开老港，穿过繁华的市区，终于来到甘教授推荐的普罗旺斯鱼汤店了。鱼汤店坐落在一条小巷里，由露天的木栅栏围成的一排桌子和室内的几张桌子组成，规模不大。我们在室外落座下来，除了鱼汤又点了牛肉和沙拉。鱼汤上来，是一种淡黄色的浓汤，并不见鱼，味道也有些奇怪，但很特别，一种浓郁的有深度的香，推测是腌制过的鱼再熬成的汤，加上些土豆之类的蔬菜再熬。喝第一口的时候看来大多数人都有些失望，毕竟不同于中国的鱼汤，完全不同的风格，配上烤过的面包，涂上橄榄油佐汤，虽然简单，味道就不同了。等待下一道菜的时候，观看这家小店，木制的门框和墙板已经有些发黑了，墙上挂着镜子和渔具，显示其悠久的历史吧，小巷里只有零星的几家小店，灯光也不亮，在黑暗中悠悠地闪着光。普罗旺斯鱼汤大概就是要在这样的环境中静静地品味吧。

马赛的夜很静，一觉醒来吃过早饭该往蓝色海岸的黄金地段去了。告别马赛前来到马赛的另一处名胜朗乾宫游览。拾级而上，这个为纪念杜伦斯运河水引入马赛而修建的宫殿，法语叫 Long Champ，长长的土地，堪称为第二帝国时期的典范之作，由艾思贝郎所设计，建设了整整 20 年。宫殿的西侧为自然历史博物馆和艺术博物馆，喷泉、雕塑、瀑布花园在宫中一一被呈现在游人的面前，这里可以称为马赛最清新的地方。

从戛纳到尼斯

造访尼斯一线，已经是第二次了。上世纪 90 年代初，作为学生旅游，从英伦岛随一辆旅行车渡英吉利海峡到达欧洲大陆，因为没有意大利签证，只能在最早的申根五国行走，从比利时坐火车到达法国，等待从意大利过来的旅行车，等车的地点就在尼斯的一家旅店。

当然这次的行程与上次相比是反过来走的，先从马赛到戛纳这个不到 10 万人口的小城。戛纳地处法国的东南，面对蔚蓝的地中海，高大的棕榈与整洁的街景为伴，彩色的柏油路面，一直将沿海的几十个小镇和无数个海滨浴场连接下来。

法国尼斯的海滨大道

因为受地中海影响，戛纳一年四季气候温和，阳光灿烂，碧波荡漾，洋溢着大自然的温馨。从法国重要军港土伦经摩纳哥蒙特卡罗直到意大利边境这段长达300公里的海岸，景色温和柔媚，素以“蓝色海岸”著称。海岸红色的岩石，衬托在蓝天碧水之间，令人心旷神怡。柔软的沙滩舒缓地伸向大海，碧波荡漾，吸引着成千上万的游人。海滨浴场五颜六色的太阳伞以及躺椅，游人异彩纷呈的泳衣，与岸上的鲜花争奇斗艳。风格各异的大小别墅点缀在海岸线的绿树中，掩映在葱郁的亚热带浓荫下，显得十分幽静、安详。

位于“蓝色海岸”之畔的戛纳，每年有许多重大国际会议及文化活动在此举行。其中最为世人瞩目的就是一年一度的戛纳国际电影节，撼动亿万人的心，在此颁发的金棕榈奖被公认为电影界最高荣誉。1938年，因威尼斯电影节对法西斯统治下的德、意影片大唱赞歌，法国愤而组织另一个国际电影节，定于 1939 年 9 月 1 日在戛纳开幕。当天，希特勒进攻波兰，戛纳电影节流产，迟到的电影节 1946 年 9 月 20 日方才开幕。

电影节的建筑群坐落在 500 米长的海滩上，其中包括 25 个电影院和放映室。中心是 6 层高的电影宫，内有一个 1500 座的主电影院，两个 439 座和 200 座的小放映厅。在两周展期内，放映 25 部参选影片和 400 部不参加评比的影片，全市影院每天要上映 200 多场，约有 4 万电影界人士光临观摩，盛况空前。

在戛纳小城没有过多的停留，参观完电影节影院为主题的建筑后，我们一路沿蓝色海岸东进，往尼斯走去。正是 7 月的季节，一年中地中海沿岸最热闹的时光，沿岸绿树成荫，红瓦白墙，风景煞是好看，靠海滩的一面，一个接一个的浴场是晒太阳和冲浪的人群，当然裸体浴场大都在一些靠海的小山丘后面，而且据说随着观赏型的好奇心重的亚洲游客的增多，这类浴场越迁越远了。

由于有岩石阻挡北风，在摇曳的棕榈树下，还能发现很多优雅的小饭店。这种地方其实并不适合走马观花，留出一段时间来，脱衣服晒晒太阳，享受宁静才是真正的休暇。

下午开车到达尼斯，因为 10 多年前曾经在这里住过几天，当时每天走过海边著名的英国散步大道去海滩浴场猎奇，对这座城市可以说比较熟悉了。尼斯城是一座具有古老历史的现代化名城。早在公元前 5 世纪，希腊人便开始在此定居，后又长期被罗马人攫为己有，最终划归法国时是 1860 年。当时，尼斯是欧洲著名的艺术之都，而今日尼斯则是该地区最享盛誉的休假游览胜地。这里有国际航空站、10 余条铁路干线和 4 条海上航线，连接着巴黎、纽约、伦敦以及其他国家的大城市，是一座名副其实的国际旅游之城。沿海岸线长达 3 公里的昂格鲁大街，布满鲜花和棕榈树，海风轻拂之下，令人流连忘返。

尼斯的狂欢节比夏日海滨更热闹，每年的二三月份，举行三周的狂欢活动，包括花车游行、放烟火、化装舞会等系列活动，满城飞花，热闹非凡。平日的尼斯也是个花团锦簇的世界，建筑物的阳台上都装饰有各式美丽的鲜花，街头巷尾的房屋，仿佛淹没在鲜花之中，宛如童话世界。

花园之都蒙特卡罗

在法国和意大利的交界之间，有一个袖珍之国的摩纳哥公国，又被称为“赌博之国”、“邮票之国”。蒙特卡罗的赌业，海洋博物馆的奇观，格蕾丝王妃的下嫁，都为这个小国增添了许多传奇的色彩。

早在1297年，欧里纳可家族便取得了这一带的统治权，到1338年，摩纳哥变成了热那亚王国保护下的一个独立公国，此后的几百年里，这个小国几乎是依附于邻边大国而维系生存的。

蒙特卡罗是摩纳哥首都，也是唯一的大城市。蒙特卡罗之名由来于1856年查尔三世亲王为解除财政危机，在旧市区北边的山坡上开设了首家赌场，后人为了纪念他，将该地区命名为蒙特卡罗。这里拥有世界闻名的大赌场，世界各地的赌客赌博之余在这个精致的城市里还可以去豪华的歌剧院听歌剧，去明媚的海滩晒日光浴。蒙特卡罗大赌场的海滨俱乐部和体育俱乐部、高尔夫乡村俱乐部、歌剧院都堪称世界一流。

作为人口密集的一个国家，摩纳哥在仅有的1.95平方公里的国土上聚集了3万多的人口，可谓地少人稠。相对于邻居法国，摩纳哥的地域实在是微乎其微，在法国地图上，这个国中之国就像一小滴不慎滴在法国版图内的墨汁，很难寻觅到它的踪迹。但这个小国却有着自己的领土、领海和领空，而且统治它的欧里纳可家族是一个有着700余年历史的古老皇室。

蒙特卡罗赌城自开赌之后紧紧地吸引着世界各地热衷于纸醉金迷的赌徒。这里宾馆的房间号码、早餐用的盘子、盛牛奶的杯子以及集邮册等等一切无不成为赌博工具。1967 年，赌场由政府接管，到上个世纪末，随着“大轮盘”昼夜不停地飞转，为蒙特卡罗财政提供了大量资金。富商来此投资者也与年剧增。星级饭店、豪华设施，堪称一流。

远远望去，蒙特卡罗还是个令人惊艳的城市。它依山而立，山上是皇室所在地，每天举行士兵换岗仪式。在花园般的街景里，上山下山靠走路，给人一种完全清新放松的感觉。记得第一次来到这里，因为走路太多，把皮鞋脱了，光脚在地上行进，为这里城市街道的干净而折服。除了皇宫和赌场，还可以沿着每年的 F1 汽车拉力大赛的赛道走一圈，摩纳哥人可以坐在家里的阳台上看 F1，想象一下那种生活的乐趣，可以说是另一种境界了。

入夜的蒙特卡罗，灯火通明，其实用不着进入赌场，只要坐在露天的酒吧，静观地中海风情的歌手热情的表演，端上一杯啤酒，一天游走的辛劳顿时烟消云散了。兴致上来，还可以随着歌声起舞，在蒙特卡罗的夜色里，没有寂寞和惆怅。

蒙特卡罗的游船俱乐部

马赛的小街

印象土耳其——跨越欧亚的石上古都

乘坐夜航机，到达伊斯坦布尔时，天还没有亮。离开机场，车窗外的古代君士坦丁堡笼罩在薄薄的晨雾中，路边的建筑物只能看见隐隐约约的轮廓。我们到达的那天恰巧是穆斯林斋月结束的日子，土耳其全国放假3天。街上几乎看不到车辆，伊斯坦布尔似乎还沉浸在梦乡之中。我们在市中心一个古老的具有浓郁土耳其风格的酒店安顿下来。

伊斯坦布尔横跨欧亚大陆的跨海大桥

伊斯坦布尔作为历史名城，拥有太多的历史和传奇，前后13个不同时期文明的历史遗产，为这座城市增加了迷人的色彩。

伊斯坦布尔连接欧亚大陆，坐落于连接黑海和马尔马拉海的博斯普鲁斯海峡和达达尼亚黄金湾之滨，气候宜人，风光秀丽，古迹众多。大致上看，这个城市由欧洲部分的黄金湾南部的历史古迹半岛区，黄金湾北部的加拉塔区，以及亚洲部分的新城区组成。7 公里的黄金湾把欧洲部分分成了两个部分。近几年，伊斯坦布尔坚持不懈地申办奥运会，也为这座城市更增加了在世界上的影响。因为假日的原因，当地华人商会有时间在宾馆安排与我们会谈，之后又与当地教育交流协会的官员会见。随着与中国贸易的增长，土耳其中文教育的需求增长速猛，如何开展中文教学成了双方主要交流的内容，自然也很快达成了一致，由代表团中的学校和单位落实，并由当地华人商会协同开办。

像大多数历史文化古城的名字变迁一样，伊斯坦布尔曾经称作君士坦丁堡。这座城市始建于公元前 660 年，经过 2600 多年的变迁，现已拥有

伊斯坦布尔著名的蓝色清真寺

(左页)伊斯坦布尔的清真寺

1200万人口,是屈指可数的国际大都市。由于它地跨欧亚大陆的特殊地理位置,从古至今,它对欧亚地区和中东国家都是一个商业和政治中心。324 年,罗马帝国君士坦丁从罗马迁都至此,改名为君士坦丁堡,395 年,罗马帝国分裂后,君士坦丁堡成为东罗马帝国(又称拜占庭)的首都。1453 年,土耳其苏丹穆罕默德二世攻占此城,消灭了罗马,君士坦丁堡成了奥斯曼帝国的首都,改名为伊斯坦布尔。罗马帝国和奥斯曼帝国都为这座拥有 1500 年建都史的城市留下了丰厚的遗产。伊斯坦布尔拥有国内一流的文学、戏剧、芭蕾艺术。罗马、拜占庭和奥斯曼帝国时期的宫殿、教堂、修道院、

伊斯坦布尔索非亚清真寺

纪念碑及各个时代留存的遗址断垣残壁随处可见。每年有200多万游客从世界各地来到这里，观赏这些欧亚文明的完美融合的精品，品尝美食，体会独特又丰富多彩的夜生活。

众多的清真寺构成了伊斯坦布尔的基本特征，市内仅各式各样的清真寺就有1000多座，大多数清真寺都有几百甚至上千年的历史。清真寺同时也是土耳其人的精神支柱，最有特点的莫过于索非亚清真寺，又称为蓝色清真寺。

索非亚清真寺对世界各地前来的游客开放，进入寺内，人们会惊奇地发现，清真寺原为拜占庭时代君士坦丁堡最重要的教堂。1453年，奥斯曼苏丹穆罕默德二世攻占君士坦丁堡后，罗马帝国覆灭，奥斯曼帝国入主君士坦丁堡，这座作为基督教圣殿的宏伟建筑却得到了很好的保护。1517 年，奥斯曼人占领埃及后，将伊斯兰教带回了伊斯坦布尔，这座城市随即成为当时的伊斯兰教中心。开明的奥斯曼帝国的首领，下令在原名为麦格拉等克莱斯亚的大教堂外建了 4 个伊斯兰尖塔，将教堂改为清真寺，教堂的主题风格和壁画等都被完美的保护起来。索非亚清真寺内有关基督教内容的精美壁画随处可见，连反映基督教最具典型特征的十字架都原封未动，安置在原有的位置。如果单从建筑风格和内部装饰上看，称为索非亚大教堂更为贴切一些。但历史就是这样奇妙，原本两大阵营——罗马帝国和奥斯曼帝国势不两立的厮杀之后，却在一座建筑里找到了共同点，同时信奉各自的精神领袖，同时保留着对对方的尊重和对文明的敬畏，驻足其中，不能不感叹文明的力量和伟大。

蓝色清真寺由奥斯曼国王在 1603 年下令建造，迄今为止，它仍是伊斯坦布尔最宏伟的清真寺。无论白天还是夜晚，蓝色清真寺都是这个都市最迷人的风景。蓝色清真寺建造时，当时的苏丹看中了这块在拜占庭时期整个城市中心的地域，它曾是大赛马场的一部分，于是许多附近的建筑被拆除。修建时的材料精挑细选，2 万多块真丝地毯从各地编制中心定做加工，寺内的内庭院面积与大殿面积相当，从内庭院到外庭院共有 8 扇大门。蓝色清真寺是唯一一座拥有六座宣礼尖塔的清真寺，宣礼塔上共有 16 个阳台，分别矗立在清真寺四周。传说当时的国王苏丹下令建造金质的宣礼塔，在土耳其语里“金”和“六”同音，设计师误会了国王的意思，建造了六座宣礼塔，虽然比通常的多了两座，但从材料上没有用黄金而节省了大量花费。

在蓝色清真寺旁边的古城市中心大道上，树立着迪克利石碑，又被称为“埃及方尖顶石碑”，是整个城市最古老

方尖碑一角

（左页）伊斯坦布尔城中的埃及方尖碑

的石碑，由法老王在公元前15世纪建造，由拜占庭国王把它从埃及的神庙搬回到当时的君士坦丁堡。尽管伊斯坦布尔每100年都有6.5级的地震，石碑历经3500多年，没有受到任何影响。沿着方尖碑往前走是蛇形青铜柱和君士坦丁石碑，构成了与一旁的几个清真寺相辅相成的古老城市的风景线。

土耳其的传统食品

我们入住的宾馆在一个老街区，老街已有上千年的历史。尽管这座城市处处充满现代化大都市的气息，但老街区依然得到了很好的保护。狭小的街道两边是大小不等的老式的商铺，商铺里大多出售土耳其的皮革制品和手工艺品。典型的老式土耳其街道，通常都是由一块块石头铺就的，坚固耐久、古色古香。

奥斯曼帝国在历史上曾经存活了623年（1299—1922年），是当时与中华帝国、罗马帝国并存的三大帝国之一。经过623年的辉煌与衰落，在1919年土耳其爆发的资产阶级革

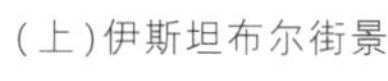

(上)伊斯坦布尔街景

(中)伊斯坦布尔的早晨

(下)伊斯坦布尔市中心古老的纪念柱

命中被推翻。1922 年，由土耳其资产阶级革命领袖凯末尔领导的资产阶级革命推翻了穆罕默德二世，宣告了奥斯曼帝国的终结，建立了政教分离的新型资本主义国家。

奥斯曼帝国留给伊斯坦布尔的遗产除了大大小小的清真寺外，最主要的就是至今保存完好的，曾经是奥斯曼帝国权利中心的托普卡普皇宫（老皇宫）和朵马巴拾皇宫（新皇宫）。老皇宫从 15 至 19 世纪是帝国的中心。这座像迷宫一样的豪华宫殿是当年奥斯曼帝国的苏丹们执政和生活的地方。宫殿占地 700 多公顷，外形设计和内部造型都具有浓厚的伊斯兰文化象征，依山傍海，蔚为壮观。在夕阳的余晖下，从托普卡普皇宫俯瞰大海和山脚下的断壁残垣，蔚为壮观。

新皇宫比起欧洲的近代宫殿并不出名，但它极尽

(上)伊斯坦布尔老皇宫大门

(下)伊斯坦布尔临海的新皇宫大门

奢华,特别是显示富有和豪华的大宴会厅,据说是欧洲最壮观的殿堂。在修建这座宫殿时,奥斯曼帝国正在走向衰亡,帝国的统治者们想用超级的宫殿显示其国威,但事与愿违。

尽管奥斯曼帝国的苏丹极尽奢华，也未能挽救帝国的衰亡。新皇宫见证了将近 80 年的奥斯曼帝国的兴衰，如今为土耳其政府所拥有。1919 年 3 月 15 日，伊斯坦布尔城被联盟军占领。被土耳其人尊称为“土耳其之父”的凯末尔在革命之后入住新皇宫，凯末尔的治国方略和内外政策为土耳其带来了繁荣，得到土耳其人的普遍拥戴。今天的土耳其许多地方都有凯末尔的雕像，为了记忆这位伟人的离去，新皇宫中的每一块钟表都永远凝固在 1938 年 11 月 9 日凯末尔逝去的那一刻。1923 年 10 月土耳其共和国建立，中部城市安卡拉被定为新首都。尽管伊斯坦布尔失去了首都的政治功能，但在土耳其国内仍然保持着商业和贸易中心的地位，成为国际化大都市。

政教分离，为新兴的土耳其带来了清新的空气。我们的陪同赛力克教授是一个中国通，曾在中国留

(上)带着小孩的土耳其妇女

(下)开心的土耳其姑娘

(右页)城市街头悠然的少妇、少女

学4年，作为土耳其人，他的开明与开放可以看出当代土耳其国家自由向上的风尚。土耳其人像大多数穆斯林一样，重视家庭，漫步土耳其街头，经常能够看到领着几个小孩的年轻夫妇。高出生率和年轻化是土耳其的一大特点。数量众多的年轻人为这个国家增添了更多的活力。

乘坐游船游博斯普鲁斯海峡，可以领略到两大洲的两岸风景。海峡全

伊斯坦布尔的周末，热闹非凡

（右）黑海与玛尔马拉海的交汇口，世界上最重要的海上通道之一

伊斯坦布尔的码头一角

海峡游船上的人们

游船上的小姑娘

伊斯坦布尔黄金海湾的岸边风光

(左页)博斯普鲁斯海峡边的小码头

长31公里,连接着玛尔马拉海和黑海,玛尔马拉海又是爱琴海的内海,海峡战略地位十分重要。博斯普鲁斯海峡最宽处只有600多米,两个方向都有海底潜流通过,一股流向黑海在海面浅层,一股通向玛尔马拉海在40米以下的水里。海峡两岸绿树成荫,茶馆、酒吧、饭店林立,各式建筑煞是好看。海峡边的建筑主要由奥斯曼帝国的夏宫内花园和宫殿组成,附近的渔村曾被皇宫贵族占有后盖上一栋栋海滨别墅后逐渐形成了今天的风景。1973年,第一座横跨海峡的跨海大桥建成,欧亚两洲连为了一体,1988年,第二座更大的桥建成。从此,人们可以在两大洲之间自由地行走。

伊斯坦布尔黄金海湾的岸边风光

土耳其棉花堡，络绎不绝的游人情不自禁脱去鞋子在温泉中行走

我们在土耳其的第二站是棉花堡，古代土耳其的城堡，是一个不能不去的地方。棉花堡位于土耳其西北部，从伊斯坦布尔乘坐土航 TK0238 航班，于当地时间 18:10 出发，19:10 抵达一个英文名叫 DENIZLI 的小机场，土航的餐食很不错，虽然只有 1 个多小时的行程，又不是用餐时间，但土航按部就班地供应各种食品。飞机抵达后，接我们的车辆尚未抵达，等了大约 20 多分钟，接我们的车才姗姗来迟。一打听，原来

是飞机提前抵达了，而接我们的车辆是按预定时间来的。

在相当于中国的二级公路的小路上，土耳其司机把车子开得飞快。会车也很干脆利落。路过一个个小村镇后，汽车终于抵达一个现代化的拥有温泉洗浴设施的宾馆。宾馆里旅客很多，大部分都是前来度假的欧美游客，也有一部分是土耳其本国的游客。中国人不多，吸引来众多目光。自助餐厅很大，酒店二楼整个都是餐厅，除了土耳其传统菜，也有不少西式餐点和丰富的水果可以自由选取。餐厅中央是

（上）棉花堡温泉中嬉戏的孩子

（下）将整个山坡冲刷成棉花状的梯形池

一个小舞台，晚餐时载歌载舞，上演传统的土耳其歌舞。

第二天清晨，乘车前往棉花堡，大约 1 小时，就到了这个土耳其古代重镇。走过一片片石头废墟，漫山遍野的古代土耳其古城堡淹没在其中，忽然，出现了形状远看像棉花团近看如白棉，其实是坚硬的石灰岩地形。一层一层，状如棉花的岩石依山体展开形成一个棉花状的城堡，这里就是棉花堡。

山水相连的白色棉花堡，曾经是古罗马帝国的经济文化中

(上、下)土耳其棉花堡附近的古罗马时期的遗址

(左页上)土耳其棉花堡，因其温泉中特殊的矿物质使之成为温泉旅游胜地

(左页下)棉花堡远景

心。早在公元前 200 多年，古希腊人就在这里依山就势修建了一座宏伟的城市，叫做 HIERAPOLIS。这座城市当时只是作为古希腊人的疗养胜地修建的。1300 年，古罗马人又在其旧址上进行重修，以显示罗马帝国盛极一时的辉煌。在这座如今只剩下遗址的庞大城堡里，建于 2 世纪的半月型的剧场内，依然保留着幸存下的座位，置身其中，可以想象出这座可容纳 2 万多名观众的剧院的壮观场景。

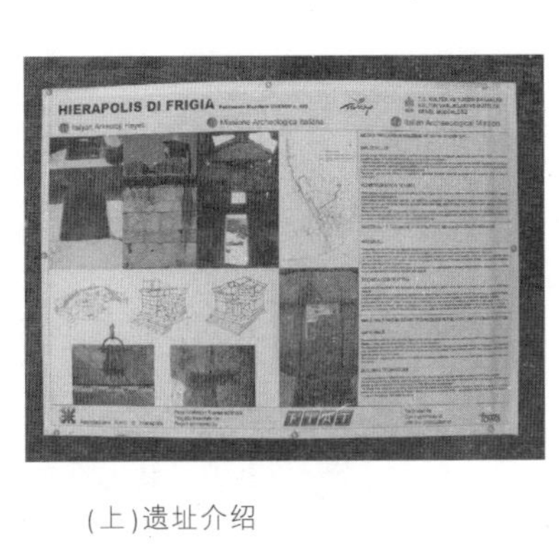

(上)遗址介绍

(下右) 土耳其古代城池遗址中的水渠,全部是石头建成

(下左、左页)棉花堡附近古罗马时期重镇的遗址

岁月的沧桑虽然已经把这座盛极一时的罗马古城风化,只留下些石柱和石头,但土耳其人深深的欧洲情结可以从这里找到答案。毕竟一个强大的古罗马帝国也为土耳其留下了丰厚的遗产,古罗马的废墟也是土耳其值得骄傲的资本。

伊斯坦布尔街景

布鲁塞尔之夜

从英国到欧洲大陆，最短的航程是从著名的多佛尔港启航到对岸的法国加莱。那天从伦敦市中心区的俄罗斯小广场乘上汽车,2 小时后到达多佛尔,中午时分大家登上渡轮,1 个多小时后便在对岸的法国顺利登陆。在港口换乘长途汽车后,出港便是进关了,这时上来作为入关引导的法国姑娘对大家说:“朝海关人员微笑一下我们就入关了。”其实一车人还没明白过来,车已经驶过边检,进入了法兰西的土地。要不是语言不同,很难说又是另一个异国他乡。但在这里我们没有逗留,因为目的地是比利时首都布鲁塞尔。

欧洲大陆的时间比英国格林威治时间早 1 小时。汽车进入布鲁塞尔城区的时候,正是黄昏时分,但天还大亮着,太阳高挂,夕阳西下时已是晚上 10 点了。一方水土一方风情。宽阔的公路,一望无际的田野,明显有一种与英伦岛国不同的气息扑面而来。

布鲁塞尔是一个古老的城市，许多街道依然保存着原有的用石头或砖头铺成的地面，无数的车轮磨就的光滑与街边的建筑相映成趣。这个城市的街头雕塑众多,每个雕塑

坐落在比利时首都的北约总部

都有一段精彩的故事，虽然经历了两次世界大战，它们却都被保存了下来。所有的雕塑都是绿色的，因为这里的人民热爱绿色。整个城市也仿佛是从一片大森林中被能工巧匠们一刀一刀地修剪出来的，掩映在树丛之中的民居，被鲜花和草坪包围着的院落以及小小的家庭网球场。

黄昏时分，街道安静极了，难得见到一两个行人。寂寥地走在这些古老的街道上，的确难免孤独上心头。

我们的临时观光导游是一个操着浓重的当地口音英文的老头，见我们之前可能先喝了几口，大声地颤着小舌为我们介绍布鲁塞尔的风光。他指着坐在露天酒吧孤零零地喝啤酒的两个人大声地说："我们有上千种啤酒，来自于几百个啤酒厂。"直把那两个人吓愣住了，大家一阵笑，老头却旁若无人继续朝前带路。

布鲁塞尔的古老建筑几乎都完整地保留着，现代化的高楼大厦与这些古建筑交织在一起，大圆柱撑起的古老大宫殿和层叠如云的现代化大厦并列在城市里，把过去和现代两种文明同时展现给人们，这种对比本身就像一种艺术，给人一鲜明的印象。有趣的是这里还保留着有轨电车。看着那些拿着长把黑伞西装革履的人们跳上跳下，真觉得那由几节木质的古色古香的车厢连接在一起的有轨电车是刚刚从 19 世纪之初叮当驶来。

布鲁塞尔古城保护到今天能如此完整，还缘于一个真实的历史故事。传说在第一次世界大战中，入侵者撤退前在城市的各个重要角落埋下了足以炸毁它的炸药，就在敌人点燃导火索的千钧一发之际，小英雄于连走出人群，一泡大尿撒将出去，浸灭了点燃的导火线，这时胜利的队伍已经开进，敌人仓皇之中无法再度点燃炸药，一座美丽的城市被保

黄昏中的布鲁塞尔原子球塔

存了下来。现在，小于连撒尿的塑像是比利时旅游者首选的纪念品，它和荷兰的风车、法国的艾菲尔铁塔、伦敦的大本钟一样，成了一个国家景物风情的象征。小于连的塑像在闹市区著名的 Marks Place 广场附近的一个街角上，小于连高高地站在上面，流水不断。入夜，塑像四周的彩色射灯开了，灯光下雕塑轮廓层次分明，小英雄微笑着解救了这座城市——倘若不是历史事实，谁能有如此丰富的想象。

夜幕降临，Marks Place 广场人头攒动，好像全城的人都上这儿赶集来了，10 多点钟时，天真正黑下来，广场上的人也愈聚愈多，人们好像在等待着什么。果然，10 点 40 分，广场一侧的博物馆钟声响了，全部灯光熄灭。接着雄浑的音乐响起，博物馆对面的古老的市政大厅的灯一盏一盏点燃，五彩的灯光随着音乐不停地变幻，把这栋古老高大建筑的古典美用现代化灯控表现得淋漓尽致。音乐不断地变化着，一曲终了，一曲又起，布鲁塞尔年轻人手挽手和着音乐唱了起来，一边唱一边摇摆着，陶醉在灯光和音乐的海洋里。

我们的合作伙伴王博士上世纪 70 年代留学布鲁塞尔便定居这里，对与国内大学合作的电子方面的合作十分重视，早早地开车在等待我们，对布鲁塞尔他十分熟悉，也十分热情地介绍这里的著名特产手工巧克力，参观了他的实验室，茶歇时间还推荐各种巧克力给大家。比利时，这样一个充满故事的地方，加上巧克力，留给人们的是一种别样的印象。

世界各国元首访问比利时
赠送给小尿童的民族服装

挽救了布鲁塞尔的小英雄于连尿童形象，
比利时著名景点

唯美方城维也纳

飞往维也纳，乘坐的航班是北欧航空，航班上的服务很简单，空中乘务员简直可以称为空中大婶和空中大爷，不过动作很麻利，笑容来得也快，对话时立即一笑，给人老树开新花的欣喜，十分职业。

5点多走出维也纳国际机场，天色已近黄昏，迅速暗了下来。欧洲的冬天黑得早，还好是晴天，遇到雨天早就黑漆漆一片了。维也纳经济大学的艾格教授早已在机场外等候，艾格教授身材虽不像德语区的这一带的人们那样高大，面庞却棱角分明，近10年来艾格每年往返奥地利和中国，为中国的大学讲授经济学，曾获过中国政府友谊奖，年纪已逾花甲，仍乐此不彼。坐上艾格教授的大奔驰，他身手敏捷地往市郊的家中开去。维也纳市中心的街景已淹没在昏黄的灯火之中，欧洲各国为避免光污染，街头没有强烈的灯光，艾格不断指给我们看他年轻时曾住过的城市小屋，夜色里其实什么也看不清楚。

艾格的家按距离算，已经在郊外的卫星城市了，从机场出来又开了1个小时的路程才到。在一个小山坡上，车直接

在维也纳经济大学艾格教授家做客

开进了车库，我们从前门上别墅，艾格家生活起居主要在二楼以上，这种别墅是典型欧洲式的，一种小楼在临街面，花园在屋后的中产阶级居住的房子，花园里的泳池不大，自动盖子平时不用可以覆盖起来。艾格太太见到我们十分高兴，因为在中国曾经给他们做过翻译的缘故，身材高大的艾格太太拉着我坐在她身边，一会儿又带着我们把三层楼的房子看了个遍。晚餐是精心准备了的，看来艾格太太在家里准备了一天的时间，西餐的花色十分精致。餐前酒在客厅里喝，艾格开了一大瓶香槟，一边喝一边聊天。佐餐酒是我和教授一起去他们地下室藏酒房里选的红酒，艾格太太一边上茶，一边和我们用餐，用过一道，收完了再上下一道，程序十分烦琐但艾格太太十分开心。艾格夫妇的母语是德语，但英语很流利，像在中国一样，我们仍用英语交谈，不知不觉 12 点钟了，我们返回客厅，完成艾格教授的第三道酒——烈酒威士忌。时间不早了，艾格说考虑你们明早要到大学去，不然我匆匆让你们散场真是太不礼貌了。家宴是西方人通常的最高礼遇了，但一场宴会下来也真让宾主双方消耗不少精力。

翌日早晨，我们赶往坐落在市中心的维也纳经济大学访问。作为城市大学，这所大学并不拥有很大面积的校园，教学主楼依地势而建，拾梯次而上，下面有教室，而上面有停车场，校长的办公室在主楼的一角，能看见极佳的风景。维也纳经济大学在英文里面简称 WU，非常简练，建于 1898 年，是一所拥有 100 多年悠久历史的综合性大学，在经济与工商管理领域享有很高的国际声誉。在校注册生约为 22000 人，其他为旁听生，共计 45000 多人。长期以来是奥地利唯一一家专门教授经济学的大学，是目前欧洲最大的经济类大学。大学总面积虽然仅有 52000 平方米，但环境优美，教学设备先进，拥有世界一流水准的图书馆和高效现代的信息网络通讯系统。他们自己设定的教学宗旨是适应就业市场的瞬息变化，以培养总经理为目标，并设置各种特殊专业，能使毕业生很快适应国内、国际各行各业的要求。

维也纳经济大学拥有 4 个学院和若干跨科际研究所，提供 70 多个专业。其开设的经济与工商管理课程以其内容的科学性、实用性、前瞻性而蜚声于欧洲及世界。并由此而培养出一批又一批高素质的国际化高层管理人才。他们在各自的工作领域中展露出非凡的才华。由于有着几年的合作基础，我们的访问和会谈很顺利。

走出大学，余下半天的时间可以有机会游览这座将曾

在维也纳经济大学访问

经的城墙拆除改为观光线路的美丽城市，举世闻名的音乐之都。维也纳人自己自豪地把这座城市称为帝国之都，源于从公元前 400 年起，凯尔特族人就在这里居住并形成了一个民族，但是只有很少关于他们的记载。在今天莱欧波尔兹伯格地区，凯尔特人建造了他们特殊的山丘，村落引进了葡萄栽培。“Vedunis”这个凯尔特名字是很多以后的城市特别是维也纳名称的根基。

维也纳到 1198 年才可以被称为一个城市，除了成为一个宫廷爱情诗歌（Minnesang）的文化中心外，经济也有了重要的发展。这是由 1221 年开始执行的强制销售法规带来

的。这项法规强迫过境的商人必须在城内销售其商品 2 个月或者缴纳非常高的税金才可以通行。

在 1469 年，维也纳成为一个从帕萨乌独立出来的行政区。匈牙利国王玛提阿斯·宏亚狄在 1485 年征服了维也纳并以一个文艺复兴式的君王的方式（其本人被艺术家和人文学家所环绕）统治了维也纳，直到1490年逝世。

玛克西米连一世从 1486 年成了国王，并在 1508 年成为皇帝直到 1519 年。由于明智的婚姻方针玛克西米连使得他外甥卡洛五世（1519—1556 年，死于 1558 年）成了“日不落”的国王。

1529 年，在卡洛五世的兄弟费尔第南多一世皇帝的领导下，维也纳人开始抵抗土耳其人的进攻，尼克拉斯·格拉夫·萨尔姆伯爵带领下的顽强抵抗和恶劣的气候迫使土耳其侵略者苏雷幔苏丹撤离匈牙利。在此之后经过几次与土耳其人的战争，在这之后，大部分地区都被从土耳其手中夺了回来。埃乌杰尼欧王子成为了军队最高指挥官及艺术事业的资助者。正因为这样他利用了他的财产使他周围充满图书馆、城堡和艺术作品收藏。在这个时期，经过战争毁坏的维也纳城开始了一个紧张的建设阶段并且产生了一个新的巴洛克风格的面貌。“Kipferl”（一种特殊的羊角面包）以它的半月形的形状让维也纳今天还记得当时战争的危险。除此之外，土耳其人留下了咖啡豆，1685 年在维也纳城内生长出来，成为维也纳人不可缺少的东西。

拿破仑战争期间，维也纳在1805和1809年两次被占领，拿破仑在这两次期间都停留在被称为美泉宫的缮伯容。奥地利在由于缮伯容协议失去很多领土后改变了其战术，通过麦特尼赫伯爵的调解后，在1810年佛朗切兹一世的女儿玛利亚·路易莎和希望得到贵族血统后裔的拿破仑举行婚礼。通过这个婚姻诞生了雷迟斯塔的公爵拿破仑·佛朗兹·约瑟夫·卡洛，他在维也纳被称为“佛朗兹”（小佛朗兹），在法国则被称为“埃格龙”（小鹰）。

沃夫刚·阿玛待乌斯·莫扎特（1756—1791年）是奥地利人的骄傲，曾长期生活于此，他与德国作曲家贝多芬、舒伯特、伯拉姆斯、布鲁克纳、贝尔格和韦伯等一系列伟大的音乐家齐名。一直到今天，维也纳都被当之无愧地称为“音乐之都”。

在第二届维也纳会议时华尔兹成为了“宫廷的舞蹈”，会议隆重的节日气氛使得戴·里莱王子说“此会议并非仅为会议，而且是一场舞会”。这时在音乐领域，包括拉耐尔和老约翰·斯特劳斯的轻音乐也到达了极高的顶峰。

在1854年，佛朗兹·约瑟夫与被其臣民友好的称之为“茜茜公主”的巴伐利亚的伊丽莎白结婚。在新专制派保持奥匈帝国和平的阶段中，佛朗兹·约瑟夫开展了一系列的“世纪末项目”，这些项目改变了城市的面貌，清除了影响现代城市发展的城墙和堡垒，使得环城大道的建造变成现实，此外还建造了一系列的豪华建筑，例如皇宫、博物馆、歌剧院、大学等。这种建筑风格的名称从“环城”由来。随着佛朗兹·约瑟夫国王在第一次世界大战期间在缮伯容的逝世，古老的奥地利进入了一个致命的衰落阶段，两年之后，他的继承人卡洛一世因战争失败而宣布放弃王位。奥地利成为一个共和国。第二次世界大战之后，维也纳13%的建筑物被摧毁。

漫步美泉宫，会发现美泉宫设计时的规模和豪华程度与凡尔赛宫相比有过之而无不及，但由于财力有限，原设计并未能如愿，许多原本雕塑表现的艺术用绘画来代替，现在的美泉宫共有1441间房间，其中只有45间对外开放供游客参观。美泉宫整个宫殿是巴洛克风格的，虽不能与凡尔赛宫相比，但依旧显示出了哈布斯堡王朝家族的气派。美泉宫背面的皇家花园是一座典型的法国式园林，花坛两边种植着修剪整齐的绿树墙，绿树墙内是44座希腊神话故事中的人物。园林的尽头是一座“海泉神”，向东便是皇宫名称由来，不很起眼的“美泉”，美泉的正对面是一片人造的罗马废墟和一块方尖碑。美泉宫的最高点是凯旋门，海泉神的西侧是动物园和热带植物温室。

1830年茜茜公主的丈夫奥匈帝国的第一位皇帝弗朗茨·约瑟夫一世出生在美泉宫，他是弗朗茨二世的长孙，他的父母弗朗茨·卡尔和苏菲公主也都住在美泉宫，弗朗茨·约瑟夫一世的童年和青年的夏天都在美泉宫度过。他1848年继任奥地利皇帝兼匈牙利国王后，美泉宫又经历了一次辉煌的时代，它是弗朗茨·约瑟夫一世最喜欢和居住时间最长的场所，直到1916年在美泉宫走完了最后的人生旅程。伊丽莎白和约瑟夫孩子的房间也在一层，他们大女儿吉塞拉（Gisela）的房间就在皇后寓所的旁边。

今天，美泉宫展览馆是全世界各地游客乐于参观的地方。美泉宫内部装饰时期，正值中国热流传到欧洲宫廷。因此，宫殿内到处可见中国古典艺术的痕迹。蓝色沙龙厅因为中国蓝白色瓷器而得名。而陶瓷大厅里却见不到陶瓷，珍贵的中国瓷器在当时就连皇帝都无法随心所欲获得，因此墙上挂的是 213 块白底蓝色的绘画，以模仿陶瓷，其中很多绘画出自玛利亚·特蕾西亚女皇的孩子们之手。大长廊从前是皇室成员们歌舞升平的地方，如今奥地利共和国用它来举办盛会和接见外国领导人。美泉宫如果没有当年的茜茜，就少了许多浪漫和美好的传说，维也纳没有了美泉宫，失去的可能是一个城市永恒的经典。

莫斯科的日子

到达莫斯科的时间是在下午 3 点多的时候，机场办关的速度很慢，大概是电脑系统慢的问题，所有人只好很有耐心。2 个小时之后走出莫斯科国际机场，刚刚才 9 月的天气，中国的南方还穿夏衣，莫斯科人已经穿上厚外套了，甚至皮衣也可以穿得住。乘车到达离国民经济成就展览馆不远的宇宙大饭店没花多少时间，因为过两天我们就在那里办展览，住宇宙方便。可办入住手续依然是一个字，慢。一切都有秩序，莫斯科的日子就这样在排队中开始了。

红场

从少年时代唱熟《喀秋莎》和《莫斯科郊外的晚上》开始，莫斯科红场一直是我们这一代人心中神圣的广场，据说莫斯科大大小小的广场有 130 多个，而具有红色灵魂的只有红场堪称，就像天安门广场在人心中的位置一样，一直觉得红场就是莫斯科的天安门，其雄伟宽阔无可比拟。我们的活动在到达俄罗斯的第二天就从红场开始。

红场的入口并不大，从其规模看，应该和欧洲大城市的

（上）莫斯科红场，刚刚举办完一场大型活动

（下）卫国战争期间抗击德国法西斯的著名苏联元帅朱可夫，塑像站立在克里姆林宫的入口处

市中心广场差别不大。从俄罗斯联邦杜马大楼门前不远处左转弯，就是亚历山大花园口和瓦西里升天教堂中间的小夹角广场，第二次世界大战时期苏联红军的著名指挥员，被称为战神的朱可夫元帅跃马扬鞭的雕像竖在广场中央。花园和教堂分别坐落在雕像的右侧和左侧。穿过教堂旁边的通道，便进入红场了。而朱可夫雕像后面的建筑与直至亚历山大花园一侧的古老城墙的后面，都是克里姆林宫的院落，至今都是俄罗斯政治的心脏地带。

克里姆林宫前的瓦西里升天教堂，典型的俄罗斯风格建筑

沿着具有典型东正教建筑风格的瓦西里升天教堂走过去，是一排世界名牌服装店组成的室内购物长廊，如果追溯历史，商场是建于1893年的“古姆”百货商场，十月革命后这里曾陆续被拆散，1932年所有商铺都闭市歇业，直至斯大林去世后，才于1953年陆续恢复经营，长廊一直通到红场另一端的莫斯科河河边，实际占据了红场的长方形的最长的一侧，红场本身是用铁栅栏围着的，购物长廊对面是列宁墓，也是阅兵的主席台和观礼台。我们到达时，红场上布满了一排排的活动座

椅，像是大型活动之后还未来得及撤去。穿过红场，走到莫斯科河桥上，可以看见最具代表性的俄罗斯风景，沿河的教堂上一个个蓝色的圆形凸顶和金碧辉煌的镶刻交相辉映，克里姆林宫的高楼和河岸上扬帆远航的彼得大帝出海雕像组成一系列令人心动的图画，把曾经辉煌与磨难的俄罗斯历史凝聚沉淀在这里。

红场作为上个世纪苏维埃社会主义联邦的心脏，经过了莫斯科定都后的重大改造，周边一些历史悠久的教堂被拆除，取而代之的是工人为主体的雕塑和国际展览厅。1917年以前，红场几乎没有进行过阅兵。十月革命后白军在全苏联展开大规模反扑，情势危急之际，列宁决定在此阅兵，以此展示红军的实力。而在此之后的斯大林

莫斯科河上的城市风景

时代，红场成为军队活动的主要地点，不仅为震慑外邦，也为教育人民。阅兵活动的需要，红场必须扩建，与克里姆林宫相邻的喀山教堂和伊维尔门就是在扩建中被拆除的。因而在今天能看到古迹，唯一在这一带留下的就是入口处的瓦西里教堂。

列宁逝世后，当时的苏联决定建立永久陵室，“这个地点对人类的意义应该超过麦加或者耶路撒冷”，当时的领导人甚至有将马克思的遗骸从英国迁往红场的动议，但终究未能实施。到1930年左右，这里被建成了当时社会主义苏维埃的圣地。

列宁墓开放的时间到了，返回红场的瓦西里教堂入口处，从另一个专用的门进去，依次是苏联时期的领导人和名人的墓地和雕像，在修剪整齐的树丛中，步入正对着红场中央的列宁墓的地下墓室，灯光渐暗，转角处站立着守卫的士兵。缓慢走入正室，水晶棺中的一代伟人安详地长眠在那里。一束光芒从上方柔和落下，列宁就像刚刚熟睡一样，神情和蔼而生动，人们列队绕着水晶棺通过，不允许停留，偶尔中国游客在正面匆匆鞠上深深的一躬，纪念这位20世纪最伟大的社会主义的开拓者和马克思主义理论的社会实践者。

今天的人们可能知道列宁真名的人并不多了，但是，但凡中年以上的中国人都不会忘记《列宁在十月》和《列宁在一九一八》两部苏联电影给人们留下的深刻印象。生于伏尔加河畔辛比尔斯克的列宁，原姓为乌里扬诺夫，今天那个地方也改称为乌里扬诺夫斯克，列宁是他的化名。列宁中学毕业后进入喀山大学法律系学习，几个月之后因为参加学生运动被开除，遭到逮捕和流放，第二年回到喀山后开始研究马克思的著作。1890年，开始筹建马克思主义小组，翻译了《共产党宣言》，变成了一个彻底的共产主义斗士。1895年，他在彼得堡创建了工人解放协会，再次被捕入狱，在西伯利亚3年的流放中开始使用“列宁”的化名。1900年2月，结束流放的列宁辗转来到德国，在那里创办了《火星报》，并于1903年在布鲁塞尔公开的俄国社会民主工党代表大会上，形成了以列宁为核心的布尔什维克。1905年，俄国资产阶级革命爆发，列宁回到俄罗斯领导革命，提出了无产阶级政党在民主革命中的策略，同年12月武装起义失败，列宁开始了长达10年的第二次流亡生涯。1917年，列宁返回俄国，终于成功领导了十月革命，取得了胜利，建立了世界上第一个社会主义国家——苏维埃社会主义共和国联盟，当

列宁的雕像，在俄罗斯的大城市仍然随处可见

(右页)克里姆林宫墙外的无名烈士纪念碑

选为第一届苏维埃主席。1918 年 8 月，列宁遭到暗杀而受重伤，1922 年底健康恶化而去世。列宁一生写作了大量马克思主义理论文章和论著，领导新兴的社会主义苏联抵御了帝国主义三次武装进攻和叛乱，其《唯物主义和理论批判主义》、《马克思主义和修正主义》、《论合作制》等等著作对中国和一大批“二战”后走上独立自主社会主义道路的国家产生了深远的影响。

瞻仰完列宁遗容，克里姆林宫和亚历山大花园都开放了。亚历山大花园中，无名烈士墓鲜花盛开，环形的墓地中央圣火燃烧着，墓碑上刻着“你的名字无人知晓，你的功绩永久长存”的碑

文。守卫无名烈士墓的俄罗斯士兵手持步枪，昂首挺胸，以俄罗斯特殊的队列站立着，不畏强敌、桀骜不驯，表现着俄罗斯人特殊的性格。门外的朱可夫雕像下面，身着西装和苏联时期军装，扮作列宁、斯大林和赫鲁晓夫的特型模特在雕像下面热情地招呼人们与他们合影留念，颇有几分逼真，模特们的表演为了生计，但也为人们提供了一个极好的留念方式。

克里姆林宫被称为“世界第八奇景”，共有 4 个城门和 19 个尖耸的楼塔。著名的“克里姆林宫的钟声”，源于斯巴斯克塔楼上的自鸣钟，安装于 1851 年。塔楼下是克里姆林宫的主要通道。克里姆林宫的办公区是不对外开放的，供游客参观的是宫内广场右侧的花园，坐落着两件镇宫之宝：炮

克里姆林宫中的钟王

克里姆林宫中的炮王

王和钟王。钟王号称全俄罗斯最大的铁制钟，比北京永乐大钟重 4 倍半，于 1735 年铸成，放置在地上，其实一天也没有敲响。炮王由于太大，也未使用过，虽然比其后来赫赫有名的喀秋莎它算不了什么，也许在沙皇时代它的铸造有着特殊的意义。坐落在宫廷之中，炮王炮口径对着办公大楼，克里姆林宫的历代主人们却不在意，任由人们参观拍照，称其为王。

“莫大”与展览

展览在莫斯科国民经济成就展览馆举办，因为 2007 年是俄罗斯的中国年，各种中国展在俄罗斯举办得非常之多，我们所在的中国高等教育展在 58 号馆布展。国民经济成就展览馆建于苏联时期，展览馆实际上是一个大型展览公园，每个馆都以当时的一个加盟共和国的民族风格来装修装饰，大小几十个馆中，58 号属于中等规模的展馆，以乌克兰风格为基调装修而成。高等教育展举办的同时还有一系列的活动，中国大学生艺术团以当年在深圳会演的中国大学生演出优秀节目组成，几百号演员同时到达，北京 101 中学作为特邀演出团体，上百人的中学生合唱团也如期抵达。以大学生艺术节为龙头，系列活动的开幕式在展览开展的前一天在著名的莫斯科大学举行。

莫斯科大学在莫斯科占据着最好的位置，这所在世界大学排名榜中名列 50 强之中的大学，其建筑气势之恢弘莫不透露着当年苏联时代所特有的风格。莫大的主楼建于麻雀山上，高上百米，30 多层，顶上的镰刀斧头标志依然清晰可见，周边的校园通道布局整齐而干净，不远处的观景台可以俯看莫斯科城市的全景。校园也是没有围墙的，走上观景台山坡，贩卖俄罗斯套娃和望远镜、酒壶的小商贩们排开一条线等待人们与他们砍价，他们并不大声吆喝，甚至可以说上一两句中文，也不知从哪里学来的一句中国成语“马马虎虎”来称赞自己的商品物美价廉。莫斯科的飞车党也在这里聚集，这些先富起来的新莫斯科人中的爱摩一族，开着大功率的摩托车，消音器被拆除，巨大的轰鸣声让他们感到过瘾，莫斯科的房价已经升到 3 万美金 1 个平方米，而年轻人却十分愿意享受这些高消费的生活。

下午 3 点，开幕式在莫大主楼正对面的会议中心举办，以大学生为主体的观众们陆陆续续到达大厅，开幕铃响起之前，人们在门外的雕像旁和喷泉边照相。像俄罗斯整个国家的人口结构男女比例严重失调一样，莫大的女生占据了学生数量的大部。天真无邪、青春年少的姑娘们开心地与同伴交谈和照相留影，身穿中国各式民族服装的中国大学生成了他们争相合影的对象。如果套而改用《诗经》的句子，“出其东门，美女如云”，恰如这个时间的盛况。

莫斯科大学，对于生长于上世纪五六十年代的中国人

莫斯科大学主楼之上,往日的痕迹仍然留在上面

还有着另外一层特殊的情愫，当年新中国的领袖毛泽东同志正是在莫大的主楼大礼堂发表了著名的“世界是你们的，也是我们的,但归根结底是你们的。你们年轻人,朝气蓬勃,好像早上八九点钟的太阳,希望寄托在你们身上”的著名演讲。五六十年代的苏联和东欧当时的社会主义政党,每年为新兴的中华人民共和国培养上万名留学生。毛泽东的到来使那时在莫斯科留学的几千名精挑细选的中国留学生为之欣喜若狂，毛泽东演讲之前的由中宣部领导所作的有关中国社会主义建设的形势报告被不断递上的要求见毛泽东本人的字条一次次打断。毛泽东的出现让拥挤不堪的莫斯科大学礼堂掌声和欢呼声雷动，毛泽东浓重的湖南口音把

“世界是你们的”，说成“世盖是你们的”，让当时并没有经过普通话标准训练的中国年轻人费解，机敏的毛泽东很快发现了这个问题，立即用英文单词代替，再说“World 是你们的”，又问身边的中国大使“大使同志，俄文世界是怎么说”？再用俄文的“世界”说了一遍，让全场欢欣鼓舞。那个时代新兴的中国领袖们机智幽默的大家风范，正是一个国家欣欣向荣的体现。

上世纪 90 年代，中断了几十年的中俄教育交流再次启动，以自费生为主体的中国留学生来到这里，俄罗斯大学电子技术方面相对落后的硬件使中国改革开放后成长起来的一代人并不感到十分适应，他们的自由开放和随心所欲也让五六十年代中国留学生留给俄罗斯人的中国形象大大地改变。俄罗斯在变化，世界都在朝不同的方向变化。

高等教育展在艺术节演出的第二天开展了，58 号馆布满了中国的大学展板和各种展示台，大学生艺术团的一部分节目穿插在展馆的中心大厅演出，我们分团带去的女子茶艺学校的茶艺表演吸引了不少俄罗斯人，品纯正清香的

莫斯科大学的女大学生在校园的科学家雕像前

《红梅花儿开》，俄罗斯的传统舞蹈

中国茶，让他们满足口腹之欲，也为茶艺表演的古典之美所叹服。毕竟俄罗斯的青年学生数量有限，不能与在中国举办的外国高等教育展热闹场面相比。

中午餐时我在国民经济展览馆大院的一个俄式小饭店挑选了一份俄式手抓饭和一份小饼，外加一杯加有蜂蜜的水酒，价格不菲。返回 58 号馆时发现后面不远处的一个大展馆外排起了长队，显然场馆内已经人满为患了，而排队的人们热情不减，不分年龄，都有耐心地等候着。这一场景引起了我们的兴趣，凭借着展馆的工作证，我顺利地从工作人员通道走了进去，这才发现那里是一个大型国际图书展，出版社当然以俄版图书为主，但也邀请了不少外国书商参展，中国的出版社在大厅第一层占据了很大的一块位置，同时中国作协的作家在展馆前演讲，介绍中国的当代文学，对网络小说的评价等等，俄罗斯的电视台在同步录制，现场座无虚席，很多人站着听中国作家的报告。书展外面排队的人们仍然在毫无怨言地等待着，俄罗斯民族守秩序爱好知识的品行刹那间让人觉得十分钦佩。返回 58 号馆，高教展的人们临时动议去图书展的队伍中分送资料，让两个展览很快交融在一起了。

风景

有人说阿尔巴特街是俄罗斯传统艺术的全部，没有阿尔巴特，会让莫斯科黯然失色。其实从广泛的艺术视角看，除了绘画、芭蕾和民间歌谣，俄罗斯东正教特有的圆顶教堂的五颜六色，与红墙绿瓦的凝固建筑交相辉映，也不失为一种艺术，停留不走的风景。

阿尔巴特街是莫斯科最古老的街道，依然保留着石头铺成路面，如今已是步行街道，街两边的商铺主要经营着俄罗斯传统的商品，街面上也不乏小商小贩摆摊设点，皮衣皮帽、酒具小刀、套娃围巾等等应有尽有。街头不少俄罗斯画

家为过路的游客现场作肖像画，我们同行的人中也有中国院校的美术教授，对一路看过来的画作一路点评，不难发现其中的高手。

离开阿尔巴特，乘坐地铁前往胜利花园，碰巧的是在中间的基辅站停下参观。这里与我们展览时的展馆一样，也是乌克兰民族风格的车站。俄罗斯的地铁都建设得很深，基辅站深入地下有170多米，自动扶梯一直通到站台，中间不转接，看起来十分陡峭，这个建于上世纪50年代的车站，站台墙壁和顶部都是表现劳动人民生活和工作的绘画，虽然已经过去了半个世纪，色彩仍然十分鲜艳，画工精细。在莫斯科，像这样建设得十分有艺术性的车站不少，著名的还有共青团站等等，可惜在莫斯科的时间不多，不能一一欣赏了。

莫斯科郊外的小天鹅湖，风景怡人

天真无邪的俄罗斯少女

旧时美人衣

从莫斯科去往圣彼得堡的火车只有一个站可以上，就是列宁格勒站。在莫斯科，开往一个中心城市的列车就建一个火车站，且用那个城市的名字命名车站，简单而直接。列宁格勒虽然在苏联解体之后俄罗斯人恢复了它的旧名圣彼得堡，而莫斯科的车站依旧如故。

车站位于市中心，在车站广场上可以同时看见三个火车站，是分别开往三个方向的不同站，我们乘坐的是夜间车，全卧铺，虽然条件只相当于中国的老式绿皮列车，但十分整洁干净。列车员态度也和蔼可亲，我们车厢一个胖乎乎的姑娘当列车员，开车前告知每一个包厢夜间要紧扣门锁，以防小偷，怕语言不通，一边用手势解释，十分有趣。即便有列车员而整车厢同行的人仍然十分警惕，各种传说中圣彼得堡是最不安全的地方，失窃案连连发生。我们的包厢在睡觉前反扣上锁，又临时想出一招，用胶带把门上的扣子胶上，准备一夜不出门。前往俄罗斯最美丽的城市，一路上严防死守，有了几分探险的意境。

一夜相安无事。早晨起来，海岸边略带湿气的清凉之风

吹动车上的窗帘，让人在 9 月天便感到几分凉意。走上过道，全列车都喜气洋洋，看来路途并不像传说中那么可怕，圣彼得堡到了。

在圣彼得堡的第一个行程是郊区普希金城的叶卡捷琳娜花园。清晨的花园空气十分清新，虽然有点凉，但阳光穿过林间的绿叶斑驳陆离地洒在地面和白墙上，让人精神为之一振。花园是模仿欧洲风格而建的，高大的树木与修剪整齐的灌木相间，风景怡人。自从彼得大帝 1697 年化名随“高级使团”出游欧洲，带回西欧先进的技术和文化，圣彼得堡城市不少花园和建筑都是按照西欧的建筑风格而修建，他的夏宫完全是按照法国凡尔赛宫喷泉和景致而修，规模超出了凡尔赛。普希金城的城门被称为埃及门，按照埃及风格而建成。

圣彼得堡作为重要出海口，1703 年沙皇彼得大帝为了与欧洲交往方便将首都迁到这里，圣彼得堡就成了俄罗斯的北方之都。它有彼得大帝时代建立的神学院，40 多所大学和 400

圣彼得堡的沙皇夏宫，由彼得大帝周游欧洲后带回的建筑模式，仿造法国宫廷而建

多个科研机构。有268个博物馆，其中120多个是苏联时期用过去的大剧院改建而成，是名副其实的文化之都。圣彼得堡见证了沙俄时代200多年的鼎盛时期。直到十月革命后，列宁出于安全上的考虑将首都迁回莫斯科。1924年将1914年改名为彼得格勒的城市改名为列宁格勒，1991年又改回圣彼得堡。

郊外小镇普希金城除了叶卡捷琳娜花园，只有为数不多的几条小街。1799年，伟大俄罗斯浪漫主义诗人普希金出生在这里，因此为纪念他而得名。城中的街道中央有普希金的雕像，普希金面色黝黑，头发卷曲，遗传自他曾祖父，沙皇从非洲带回的一个黑人奴隶。作为仆人，普希金的曾祖父十分勤奋和好学，深受沙皇喜爱，终得自由之身并加官进爵。普希金天资聪慧，能通晓10多种语言，被人称为“法国佬”，最擅长的语言是法语，成为那个时代上流社会的宠儿。普希金出生时，这个贵族家庭开始家道中落，他的作品实际反映了第一代贵族革命家的觉醒，作为现实主义文学

围着圆圈，人们边唱边走，为新婚的年轻伉俪祝福

的奠基人，现代标准俄语规范的创始人，普希金的《自由颂》等等作品反映了其资产阶级革命的政治倾向，《叶甫盖尼·奥涅金》 等长诗饱含激情成为俄罗斯的叙事诗体小说的典范，《我又重新访问》等等爱情和田园的颂歌被人们深深喜爱，记得学生时代读过的《致凯恩》，仅只一遍，便永不释爱：我记得那美好的一瞬 \ 我的面前出现了你 \ 犹如昙花一现的幻影 \ 犹如纯洁之美的精灵……这些爱情诗即便在歌颂爱情，其实也不乏十二月党人的影子在其中。狂暴的年代过去，又见情人的情景，正是这些热血青年人的真实写照。由于普希金与十二月党人的接近，两次流放，也使其诗歌广为流传。

从普希金城返回圣彼得堡，在这个又被称为北方威尼斯的艺术之都处处留下了普希金的足迹。1937 年 2 月，普希金从他居住的圣彼得堡莫伊卡运河 16 号出门，在涅瓦大街如今被称为普希金咖啡馆的小店吃过晚餐，前去与他的情敌——一个法国军官决斗，在小黑河边饮弹死去，年仅 38 岁。旧时的俄罗斯人要与人决斗时，只要向对手扔上一条白色的手绢，便是挑战的开始了，极其浪漫的残酷。普希金向一个军官挑战，自己的一枪还未打响，就已经中弹倒地，他的情人也终究被枪手所拥有。

沿着涅瓦大街向冬宫走去，路过掩埋着车尔尼雪夫斯基和与他一起呐喊过的十二月党人的墓地，打响 1917 年十月革命第一声炮的阿芙乐尔号军舰仍然巍然站立在不远处的涅瓦河里。1917 年的 11 月 7 日，是俄历的 10 月 25 日，列宁在阿芙乐尔号甲板上向水兵们演讲，号召推翻沙皇，建立社会主义国家。城市里武装了的工人们等待着阿芙乐尔号的炮声，作为向冬宫进军的发令号角。阿芙乐尔号打响了象征十月革命的第一发炮弹，如今虽已退役多年，但一直作为俄罗斯编制内的军舰，由海军管理并向游人开放参观。卫国战争期间，为保护好阿芙乐尔号，苏联将它沉入

列宁格勒保卫战纪念馆

涅瓦河水底保存，卫国战争结束后又打捞上来供人们参观。

阿芙乐尔号停靠的码头对岸，就是从彼得大帝时代起沙皇一直居住的冬宫。当年的炮声只是革命的发令炮，炮弹并没有打向冬宫，不然这座享誉世界的历史博物馆也就不存在了。

沿涅瓦河大街的冬宫建筑是冬宫的后墙，正门在前面的冬宫广场上，广场四通八达，城市里的十几条街道口都通向这里。冬宫作为当今名为艾尔米塔斯博物馆的主体，当年是皇宫的主要建筑，博物馆保留了当年皇室的原貌，并将所收藏的艺术品陈列在350多展厅里，藏品达到270万件，包括达·芬奇、提香、拉斐尔等人的名作真迹都陈列于此，可以与法国的罗浮宫和美国的大都会博物馆相媲美。一层的博物馆主要是陈列古希腊、罗马时期和西欧艺术的部分，二层主要是皇家的用品和收藏，三层是现代艺术家和毕加索等人的作品。

建立艾尔米塔斯作为收藏艺术品之用的构想，和沙皇接受启蒙运动紧紧相关。第一代冬宫，也就是现今艾尔米塔斯剧院的所在地，修建于彼得大帝时期。这栋北方之都的皇宫，在往后的岁月里，沿着涅瓦河岸慢慢地兴建起来。1732年安娜——依欧安诺夫娜女皇在彼得堡登上了帝王的宝座。虽然女皇本身比较喜爱位于海军总部不远处，阿玻拉科辛公爵的豪华寓所，但最后还是将官邸停留在涅瓦河岸。依据女皇的指令，加建了一栋连接阿玻拉科辛别墅的建筑。这为未来艾尔米塔斯的建筑群，规划了一个初步的模型。从1754—1762年之间，在这个地方，由彼得大帝的女儿，伊丽莎白女皇，任命著名法国建筑师拉斯特雷利修建了这座建筑历史上的杰作——冬宫。1762年登上帝王宝座后的叶卡捷琳娜二世，着手冬宫室内装潢的改建工作。并在此时出现了加建小艾尔米塔斯及旧艾尔米塔斯的想法，以便作为未来收藏艺术品之用。在1764—1787年之间，依照女沙皇的旨意，陆续地兴建了小艾尔米塔斯及大（旧）艾尔米塔斯，并于冬运河堤岸，紧贴着旧艾尔米塔斯的地方加建了一条名为拉斐尔的敞廊。从1783—1787年之间，在彼得大帝的旧冬宫处，兴建了一座艾尔米塔斯剧院。为了和旧艾尔米塔斯相连接，在两建筑物之间加建了一座横跨冬运河，造型优美的拱形跨廊。在叶卡捷琳娜二世执政的启蒙时代，形成了一个完整的博物馆建筑群。19世纪中叶，在艾尔米塔斯的建筑群中，出现了最后一栋属于冬宫的展览馆，命名为新艾尔米塔斯。新艾尔米塔斯也成为了第一间对外开放的艺术博物馆。

艾尔米塔斯的艺术品收藏可以追溯到1764年，当年叶卡捷琳娜二世向柏林商人科兹索夫斯基收购了225幅油画，故就以叶卡捷琳娜生日（12月7日）作为艾尔米塔斯的诞生日。并每年举行盛大的庆祝典礼。从此之后，艾尔米塔斯开始收购全欧洲最稀奇、最宝贵的艺术珍品。艾尔米塔斯的藏品数目快速递增，第一份博物馆的馆藏目录，发行于1774年，共计有2000件藏品。除了油画作品之外，博物馆

列宁格勒保卫战纪念碑

还大量地收藏了素描、版画、古钱、浮雕、宝石、琥珀和珍贵的书籍。

叶卡捷琳娜二世之后的继承者，也不断地进行馆藏扩充的工作。19 世纪初期，馆内最有价值的收藏品，莫过于亚历山大一世从约瑟芬夫人（拿破仑之妻）的私人画廊中所购买的藏品。随着展览馆厅的增加，馆藏亦不断地进行扩充。

十月革命后，冬宫历史进入了新阶段，冬宫内部的房间成为艾尔米塔斯的展览厅的一部分。由于首都迁往莫斯科，一部分藏品又被迁往莫斯科。然而大部分的藏品最后还是送回了冬宫，只有少数的一部分收藏在莫斯科造型艺术博物馆。

1920 年初期，苏维埃政府开始对境内各个共和国，进行地区性博物馆的规划工作。并以艾尔米塔斯收藏库内的艺术品为其主要的展品来源。此举使得艾尔米塔斯损失了数以千计的珍贵艺术精品。同时，为了解决战后外汇不足的窘况，苏维埃政府运出了大批的绘画及装饰工艺美术品到国外拍卖。当然拍卖活动并没有解决当时的财政危机。相反的，国宝的流失，给艾尔米塔斯造成了无法挽回的重大损失。整个拍卖的活动一直延续至 1934 年才停止。在这一段馆藏的拍卖悲剧史里，最好的历史见证，可见于 1997 年博物馆的临时展览会上，由美国华盛顿民族画廊所提供，曾经属于艾尔米塔斯馆藏之一的凡埃克名画《报喜日》。

伟大的祖国战争给博物馆带来了严重的考验。在列宁格勒被围城之前，苏联政府及时地将部分的馆藏以两列火车运至乌拉尔山，藏至于斯维尔德洛夫斯科展览馆的陈列厅里。然而还有相当一部分未能及时运送出去的收藏品，藏在馆内的地下室和一楼的展览厅内。

在 900 个围城的日日夜夜里，艾尔米塔斯成了主要攻击的目标之一，饱受战火的摧残。1945 年 10 月，在运回了当年撤送出去的珍贵馆藏之后，苏联政府又以最快的速度进行了整修的工作，重新对外开放。

沿着冬宫的博物馆向上走去，窗外的风景怡人，可以看见涅瓦河上来往的船只，对岸的景致也历历在目。圣彼得堡旧时的交通主要靠城市内交织的河道，涅瓦河是沟通这些河道的主航道，如今小河道大部分已经变成了道路，只剩下水量充沛的涅瓦河依然奔流不息，像一个讲述这座

(左、右页)柴柯夫斯基的《天鹅湖》，来到圣彼得堡不能不看的节目

城市故事的老人。涅瓦河大街，被俄罗斯作家果戈里称为世界上最美的大街，乘游船看两岸风光，听着民间艺术家演唱俄罗斯民间歌曲，真正的俄罗斯风情恐怕只有在圣彼得堡才能体会到。

夜幕降临，在圣彼得堡最好的去处是选一家剧院看上一场芭蕾或听上一场歌剧，首选当然是柴可夫斯基的作品《天鹅湖》。我们在名叫“歌剧与芭蕾”的大剧院落座，开幕的铃声响起，大红的幕布拉开，全场灯光渐暗，追光灯打向天鹅缓缓走出的舞台，300 年间这座都市的奢华仿佛都降落于此，美生于斯，逝于斯。

弗拉基米尔小城的小木屋,这一带的木屋区被列为世界文化遗产

跨越历史的时空

晏　政

年前，收到玉琪君寄来的一摞书稿，蓦然间，20多年前那个稚气未脱，聪颖、诚实、热情而又勤奋刻苦、好学向上的“大男孩”（聂卫平语）出现在我面前。26年过去了，这个“大男孩”已然人到中年，前几年见面时，眼角悄悄爬上了鱼尾纹，形体也有点儿发福了。但那略带娃娃型的英俊脸庞上似乎还存有些许稚气，从他的文字看，他也还是那么地透着灵气、朴实、谦虚、热情，全然不像个入仕20余年的人。比较而言，两本书稿当中，我更喜欢《英伦纪事》。作者在这本书中，以一个普通外国学生的眼光，不加夸饰地记录了自己的亲历亲闻，写出了当代英国普通人的真实生活，揭示了英国当代市民社会的真模实样。说实在的，对于英国，我们既熟悉又陌生。这个老牌帝国主义，这个铁骑曾经踏遍全球的“日不落王国”，曾经带给我们，也带给世界上许多殖民地国家的人民以巨大的屈辱和苦难。加之，在十八九世纪英国一些著名经典作家的笔底，英国社会似乎总是充满罪恶渊薮，总是充满尔虞我诈，灰暗，阴冷，了无生气，迷雾重重。这个印象，在我们那代人的头脑中，好像是挥之不去的。100

多年以后的英国变了么？那个阴暗冷漠的社会及生活在那个社会里的普通人们现在过着怎样的一种生活呢？所有这些，对于我们这些没有去过英伦三岛的人来说，是不甚了了的。而《英伦纪事》正满足了人们的这种需求，给了我们一个比较清晰、比较确切的答案。

伦敦号称世界雾都，这是60多年前我读初中时，就听说了的地理常识。过去总以为伦敦常年大雾，是其特定的地理位置使然。直到读了《英伦纪事》，才恍然大悟，才知道雾锁伦敦，主要还是由于英国资本主义发展初期，以牺牲生态环境为代价换取工业化的伴生物。也是直到读了《英伦纪事》，我才知道今日伦敦已不复旧时模样，英国为它摘掉那顶虽然颇富诗意然而不无讽刺的"世界雾都"的"桂冠"了。作者在《无雾英伦》中写道："来到英格兰，最令人耳目一新的就是伦敦大都市里一片又一片绿茵茵的草地，那绿油油、毛茸茸的草，简直就像是画师的饱浸油彩的大笔涂到大地上去的……它给都市带来的清新是无法比拟的，和想象中的雾都相距太远太远。"遍地绿草离不开阳光雨露的滋润，即使在寒冷的冬季，"晴天和雨天也是交替着来，给满眼的绿色留下了绝好的生存机会"。《无雾英伦》讲了自然环境的治理和保护，《看病在英国》写的则是普通英国人"病有所医"的医疗保健问题，《老外们的保单》反映了英国社会对人身财产的保险体系，《Zone，奇特的交通区划》，谈论的是大都会庞大而复杂的交通管理，《牛津与剑桥》、《管理古老的问题》等等，则涉及青少年教育这个亘古恒新的话题。还有，《超市超什么》、《小店生涯》讲商业；《保存爱心》、《一二一与生活服务》讲社会文明；《最后的贵族》、《Pub，男人的去处》、《没有纸币的生活》、《百万英镑博彩梦》……则把笔触伸向伦敦人日常生活的角角落落。可以说，《英伦纪事》不过20余章节，却通过对一些凡人小事和自己耳闻目睹的实录，接触到了当今世界普遍面临的环保、医疗、教育、文化、交通、社会保障等诸多重大的社会民生问题。材料是详实的，叙事是平实的，因而具有很大的公信力和说服力。阅读此书，我真想跟随作者的足迹，到那个遥远的岛国去走一走，看一看。百闻不如一见啊！

如果说《英伦纪事》是作者留学英伦三岛期间的日常生活手记，那么《经典旧大陆》则是玉琪君作为一个教育工作者在欧洲大陆参观考察、交流之余，抓紧工作间隙写下的旅行随笔。自从几百年前，哥伦布发现新大陆——偌大一个美洲以后，欧洲从此被称为旧大陆。作者行迹所至，既探寻了希腊和伊斯坦布尔两个文明古国丰富深厚的历史文化底蕴，又叩问了法兰西和俄罗斯两个对世界产生过巨大影响的伟大民族的历史进程和社会生活的深刻变迁，即使对布鲁塞尔和蒙特卡罗这两个小国首都的匆匆一瞥，也不忘对其不同历史图景的动人记述和现实生活的浅唱低吟。

《经典旧大陆》，短短 10 多个章节，作者怀着对欧洲古老文明的崇敬和对欧洲人民的友好情愫，给我们绘形绘声地介绍了旧大陆古往今来许多脍炙人口的美丽神话和民间传说，呈现出众多令人神往的文物古迹和群星璀璨的伟大历史人物，还或浅或深地描绘了现代欧洲多姿多彩的风土人情及生活画面。应该承认，欧罗巴，真是一块弥漫着神奇色彩的土地，也是一块洋溢着蓬勃活力的土地。恰如作者所概括的：在这块土地上，“古典与现代，文明与蛮荒，掠夺与赠予，辉煌与毁灭，专制与民主，衰落与复兴，掩映在海湾灯火辉煌的城市群里，遍地遗迹将雅典的起源与历史散落在时空的迷雾中”。读罢全书，掩卷遐思，不能不令人发出几多唏嘘，几许感慨！

20 多年前我曾经是吕玉琪同学毕业论文的指导老师，那么依照旧例，我还是不揣冒昧地给这两本书写一段评语吧。应该说，摆在我面前的这两本书，不是一般的游山玩水的即兴文字，而是作者近距离观察古老欧洲的精心之作。内容新鲜充实，语言跃动活泼，思绪时时跨越历史时空，记事往往翻飞古往今来，堪称融记事写景抒情说理于一体，集历史现实风土人情于一炉，其中好些篇幅生动幽默，情趣盎然，富于哲理，精彩时现，既能给人以思想的启迪，又能给人带来美的精神享受，不失为一部别开生面的文化旅游笔记。

（晏政 教授、作家）

我思故我在

甘筱青

新年第一缕阳光温暖着书房，我阅读着玉琪送来的《经典旧大陆》手稿,先睹为快,深有感触。

玉琪于 1983 年从原江西大学（后合并为南昌大学）中文系毕业后一直从事教育工作,尽管公务繁忙,但一直潜心读书进修,难舍笔海耕耘。上世纪 90 年代中期,他作为国家公派访问学者赴英国深造时,就应江西日报之约,定期传回一篇篇精美佳作,后面集结成一书,取名《无雾英伦》,不仅书名很有诗情画意,内容也是丰富多彩。前些年南昌大学中英合作办学的研究生，赴英国前是人手一本，不仅慰藉乡愁,而且确可作为留学指南。此书经充实修订改名为《英伦纪事》将重新出版。又经过若干年的积累,我手上这本《经典旧大陆》也将面世。此书采撷了几个极有特点的欧亚大陆国家:希腊、法国、土耳其、比利时、俄罗斯……将故事融于历史,将感悟融于抒情,将感叹融于绘景,娓娓道来,行云流水,使人们体验到那前瞻的视野、开阔的心胸和笃行的脚印。

但切不可认为玉琪只是个“驴友”,或只是个游山玩水者。这些随笔都是他在繁忙辛劳工作之余的艺海拾贝。仅以其中“普瓦捷之缘”一文为例，我能见证：他三次赴法国普瓦捷大学（universite’ de poitiers），都是作为教育国际合作与交流的负责官员，去指导和帮助开拓中法合作办学项目、促进汉语国际推广工作。正是在江西省人民政府暨教育厅的关心、扶持和指导下，南昌大学与法国普瓦捷大学的合作办学项目成效显著，不仅作为国务院学位委员会办公室首次批准允许在国内办学颁发国外大学文凭 10 个项目之一，而且长期被誉为“中法合作办学的典范”；中法合作创建的普瓦捷大学孔子学院被评为先进孔子学院。

或许由于从事国际合作与交流工作的需要和便利，给了玉琪较多的机会漫步和品味经典旧大陆，但不是每一个旅游者都能像玉琪这样悉心观察，旁征博引的。常听到走出国门的旅游者时常自嘲：“上车睡觉、停车撒尿，下车拍照，回去一问什么都不知道。”可是玉琪是个有心之人、博学之人。比如我虽然在普瓦捷大学留学 3 年，并且经常前去讲学和开展合作，但玉琪在文中对普瓦捷这个历史名域及其名人的生动叙述，有些对于我也是首次获知，并且被其丰富的史实和优美的文笔所吸引。

我乐于把玉琪凝聚心血的佳作《经典旧大陆》、《英伦纪事》，推荐给准备走出国门留学深造的学子，推荐给高等学校正在涵养人文素质的师生，推荐给渴望认识世界文明的人们，从而陶冶性情，澄心烛理，“我思故我在”。

（甘筱青　留法博士、教授、大学校长）

心仪之优美大学 20 所

奥地利约翰开普勒林茨大学

约翰开普勒大学（林茨）是奥地利一所综合性国立大学。它位于欧洲的心脏奥地利第三大城市、上奥地利省首府——林茨市。美丽的多瑙河在大学旁流过，风景秀丽，气候宜人。大学始建于 1492 年，当时称为林茨大学，1975 年更名为约翰开普勒大学（林茨）。

约翰开普勒大学（林茨）总面积约 32 万平方米，约 2 万名学生在此就读。大学设施齐全，其中包括现代化的教学楼、图书馆、银行、学生餐厅、体育馆、康乐中心、学生宿舍等。

大学还与近百家世界各地的著名大学建立了长期的学术交流与技术合作，特别在社会经济学科、高新技术领域享誉世界。

友情提示：

德语学校：无语言要求，高中或中专生，一般年满18岁。

私立音乐学校：无学历、语言要求，一般年满18岁，音乐初学者亦可。

私立大学：奥地利还有一些英语授课的私立大学，一般须中国的高中、中专生，最好有托福，或者雅思成绩，成绩不一定很高。

公立大学：1.必须参加中国国内高考，被国内大学录取，有的奥地利学校要求大二以上的学生；2.被奥地利大学正式录取后，先进语言学校学习德语，经学校语言水平考试合格后正式进入大学学习；3.本科毕业生读相同专业可转学分和插班就读。

不可缺少：出生公证、高中毕业证、会考证、在读证明、成绩单、大学毕业证、学位证、护照复印件。

维也纳经济大学

维也纳经济大学始建于1898年,位于维也纳市中心。是一所拥有100多年悠久历史的综合性大学,它在经济与工商管理领域享有很高的国际声誉。在校注册生约为22000人,长期以来该校是奥地利唯一一家专门教授经济学的大学,是目前欧洲最大的经济类大学。大学总面积达52000平方米,环境优美,教学设备先进,拥有世界一流水准的图书馆和高效现代的信息网络通讯系统。

维也纳经济大学拥有4个学院和若干跨科际研究所,提供70多个专业。其开设的经济与工商管理课程以其内容的科学性、实用性、前瞻性而蜚声于欧洲及世界。

友情提示：

1.被中国教育部承认的大学正式录取的正在攻读相同或类似专业的在校本科学生（已经或即将完成一年的学习，顺利通过期末考试），如无德语基础，需参加校方组织的德语培训。

2.大本毕业生需提供毕业证、学位证。

大专毕业生需提供专升本录取通知书及专升本在读证明。

维也纳大学

维也纳大学是奥地利历史最悠久的大学，也是德语区国家最古老的大学之一。始成立于1365年，是27位诺贝尔奖金获得者的母校，是奥地利最大的大学，欧洲最大的大学之一，在校生 8 万人之多。其中古老、宏伟的主校位于维也纳市一区。维也纳大学占地28万平方米。由8个学院约190个系组成，分别位于94处。维也纳大学众学院中最富声誉的是医学院，在本世纪初该院曾位于世界医学之巅峰，成为当时世界医学中心，该院有69个系和医院，其中内科、实验病理学、生理学、药物学和皮肤病学居世界领先地位。

友情提示：

德语学校：无语言要求，高中或中专生，一般年满18岁。

公立大学：1.必须参加中国国内高考，被国内大学录取，有的奥地利学校要求大二以上的学生；2.被奥地利大学正式录取后，先进语言学校学习德语，经学校语言水平考试合格后正式进入大学学习；3.本科毕业生读相同专业可转学分和插班就读。

克拉根福大学

克拉根福大学是奥地利 12 所国立大学之一，位于奥地利南部风景秀丽的克恩顿省省会克拉根福市。克拉根福大学建于 1970 年，是一所年轻的、互动教学的大学。从早期的教育学院发展成今天的综合性大学，现拥有 7700 名学生，来自世界 63 个国家。大学分为两个大系：人文科学系和经济学与信息工程系。共有 13 个学位专业和 9 个师范教育类专业及大学间合作的继续教育学院。在过去几年奥地利新闻界举办的大学评比中，克拉根福大学的许多专业多次名列榜首。现该大学在研究、教学方面在国内国外都享有较高声誉。

友情提示：

德语学校：无语言要求，高中或中专生，一般年满 18 岁。

公立大学：1.必须参加中国国内高考，被国内大学录取，有的奥地利学校要求大二以上的学生；2.被奥地利大学正式录取后，先进语言学校学习德语，经学校语言水平考试合格后正式进入大学学习；3.本科毕业生读相同专业可转学分和插班就读。

莫斯科大学

莫斯科大学创立于1775年，是俄罗斯最古老最著名的综合性大学。全校设16个系，50多个专业，有学生3万名左右，包括来自100多个国家的留学生。拥有4个天文台，3个博物馆，1个面积近50公顷的植物园，还有各种科研机构和实验室，以及广场、运动场、体育馆、剧场、大礼堂等。总占地面积320公顷。师资力量雄厚，拥有教授、讲师及各类研究人员8600名，大约4500名教授拥有博士和荣誉博士学位，其中125位是俄罗斯科学院院士。大学分为两大科系。文科系包括：经济学、社会学、历史、文学、艺术、外语、法律学、新闻、俄语、哲学等专业。理科系包括：计算机、医学、数学力学、化学、物理、生物、地质、土壤、心理学、建筑几大专业。

友情提示：

只要拥有高中毕业文凭，无犯罪记录者即可免试直接进入大学攻读本科学位，包括莫斯科大学等一些名校，且可随意选择专业和系科。国内本科和硕士毕业生可以相应的攻读硕士和博士学位。

没有俄语基础，必须先读一年预科系，学习俄语及相关专业基础知识。俄语预科一年，通过考试取得俄语水平的资格认证后，即可进入专业学习。大学本科四年，硕士两年，副博士三年。一般来讲，在有语言环境的情况下，经过一年的强化教育，通过预科系考试是没有问题的。升学率一般在98%以上。

俄罗斯大学对学生采取“宽进严出”政策。对于外国留学生没有入学考试，各大学都敞开大门欢迎中国留学生。

莫斯科国立航空学院

莫斯科国立航空学院建于1930年，于1993年被授予“航天科技大学”名称，是专业航空工程大学。直至目前为止，大部分俄罗斯航空航天科技成果出于此大学。航空学院现有教授2000名，科研人员4000名，学生14000名。莫斯科航空学院拥有11个学院，56个系，128个实验室，3个设计局，几个计算机中心，一个实验室，一套运动航空训练设施，一个莫斯科附近的飞机场，两个科研机构（应用力学和电气力学，低温研究）。莫斯科国立航空学院以其雄厚的科研师资力量，完善的设备和高质量的教学享誉世界。俄国众多的航空航天及高技术领域的专家都毕业于这所大学。俄罗斯图勃列辐设计局、米格设计局、雅可夫列夫设计局的设计师曾经是航空学院的第一代教授，许多俄罗斯的著名国家院士、科学家及一些著名的宇航员都出自航空学院。莫斯科航空学院（俄文简写 МАИ）是俄罗斯最有名的培养航空航天技术人才的高等学府，也是世界上最为著名、最大的航空院校之一。

友情提示：

具有一定学历的中国公民均可赴俄留学。大学入学者需普通高中、中专毕业证书（或同等学历），攻读硕士者需学士学位，攻读博士者需硕士学位。

俄罗斯人民友谊大学

俄罗斯人民友谊大学创建于 1960 年，是一所新兴的以研究国际关系和世界文化为主的著名学府。友大是联邦级国立大学，友大是一所国际性大学，每年都有来自世界上 100 多个国家和地区的学生来此留学。目前友大有在校生约 13000 人，其中本科生有 11000 多名，研究生有 2000 名左右。学校每年都举办各种国际性学术会议和各种形式的世界文化交流活动。友大被称为“世界政治家的摇篮”。自建校以来的 40 多年里，得到了世界的认可并且赢得了极高的威望。作为著名的国际教育和科学中心，友大在俄罗斯教育部最新高校排行榜中综合排名第三，师资水平第二。

友情提示：

具有一定学历的中国公民均可赴俄留学。大学入学者需普通高中、中专毕业证书（或同等学历），攻读硕士者需学士学位，攻读博士者需硕士学位。

俄罗斯国立师范大学

国立师范大学位于圣彼得堡，又名俄罗斯 HERZEN 国立教育师范大学。创立于 1797 年，已经有 200 多年的历史，是世界著名的师范大学。是俄罗斯历史最悠久的，也是唯一冠有俄罗斯国家名称的师范大学。在教育界是俄罗斯和世界的领头人角色。另外，该校的心理学专业是世界强项，也是我国目前缺乏的学科。其音乐和美术均有 200 年左右的历史，其水平也是俄罗斯第一流的，只是该校侧重于教学角度。

友情提示：

具有一定学历的中国公民均可赴俄留学。大学入学者需普通高中、中专毕业证书（或同等学历），攻读硕士者需学士学位，攻读博士者需硕士学位。

喀山国立大学

俄罗斯最古老的大学之一——喀山国立大学成立于1804年11月5日，喀山国立大学是俄罗斯继莫斯科大学和圣彼得堡大学之后成立的第三所大学。喀山国立大学位于喀山市中心地区，喀山市是俄罗斯联邦鞑靼斯坦共和国的首府，距俄罗斯首都莫斯科大约800公里。

喀山国立大学在200多年的时间里逐渐形成了一个19世纪俄罗斯建筑风格的建筑群，大学的教学和科学中心由科学图书馆、化学科学研究院、力学数学科学院、7个博物馆、植物园、2个气象天文观测台、信息工艺技术中心、出版社、印刷中心和实验室、文化体育馆运动保健基地等组成。

友情提示：

具有一定学历的中国公民均可赴俄留学。大学入学者需普通高中、中专毕业证书（或同等学历），攻读硕士者需学士学位，攻读博士者需硕士学位。

俄罗斯圣彼得堡国立大学

圣彼得堡国立大学又称为列宁格勒大学，圣彼得堡大学是俄国最古老的大学，是世界知名的众多学派的源头，也是进步的社会运动的重大中心之一。圣彼得堡国立大学坐落在涅瓦河北岸与冬宫遥相对应，1724 年创建，是俄罗斯最早建立的大学之一，比莫斯科大学的创建还早 32 年，是著名的综合性大学，也是俄罗斯教育、科学和文化中心之一。

友情提示：

具有一定学历的中国公民均可赴俄留学。大学入学者需普通高中、中专毕业证书（或同等学历），攻读硕士者需学士学位，攻读博士者需硕士学位。

法国蒙彼利埃第三大学（保罗·瓦莱里大学）

蒙彼利埃是欧洲最先出现大学的地方之一，早在12世纪就已经出现医学和法学院，到了中世纪这里已经有了两所具有相当规模而且质量很高的大学。蒙彼利埃第三大学是一个以文学、艺术、社会与人文科学为主的综合性大学，尤其在语言学、社会学与心理学上教学和科研水平都很高，开设了一些非常独特的第三阶段专业，有些甚至在法国是唯一的。学校在城市北部，有一个占地几十公顷、环境优美的校园。学校现在共有学生20000人，其中还有88个国家的外国学生2100人，教师600多人。学校分为3个部分，总部在蒙彼利埃，另外还有尼姆（Nimes）、贝济耶（B é ziers）两个教学中心。蒙彼利埃3个大学的图书馆是共同管理的，有藏书近100万册。

友情提示：

法语需有一定基础。高中毕业，参加高考，获得大学录取通知书及大学在读以上学生均可申请。

普瓦捷大学

普瓦捷大学始建于 1431 年，为欧洲最古老的大学。大学坐落于法国中部普瓦图－夏朗德省省会普瓦捷，校园面积 25 万平方米，大学生 27000 名，1000 多名研究生，可颁发 300 种国家和院内文凭。学院学生总数占普瓦捷市人口的 3/4，所以，普瓦捷市有大学城之称。作为综合性大学，该校设有 12 个院系：法律与社会科学院、经济学院、人文科学与艺术系、基础科学与应用科学院、普瓦捷高等工程师学院、运动物理系、企业管理学院（IAE）、商业管理科技学院（IUT）等。普瓦捷大学企业管理学院（IAE）属普瓦捷大学 12 个院系之一，专门从事工商企业管理方面的教学和科研。作为法国公立企业管理学院（IAE）成员，其主要培养本科生和研究生。经过 40 年的建设与发展，学院现颁授 10 余项国家文凭，5 项大学文凭，从而成为一所著名的工商企业管理学院，并在同类院校中名列前茅。优势专业：会计、管理类、机械与航空工程、语言、文学、人力资源、金融。

友情提示：

所有已获得大学文凭的不同专业的本科大学毕业生（学历认证须公证处公证），年龄在 35 岁以下，具备一定的外语基础（如法语、英语等），均可申请入学资格。有大学英语四级以上证书者优先录取，专科毕业生申请需具有 5 年以上良好工作经验。

法语系毕业生可直接申请上普通管理学研究生（DESS/MASTER2－CAAE）。并由校方代表安排校方在国内进行面试和笔试等必要的录取程序。法语系未通过者，预科结束后可申请其他 MASTER 专业。

佩皮尼昂大学

佩皮尼昂是法国最南部的城市，是连接西班牙与法国的要塞，距巴黎800多公里，乘高速火车需6个小时。佩皮尼昂大学的前身是14世纪的文学院，但是真正意义上的大学则成立得很晚。学校以社会学、文学、法律等专业为主，有3个UFR和2个学院。学院总部在佩皮尼昂市，还有4个教学中心，分别在附近的卡尔卡松（Carcassonne）、纳博纳（Narbonne）、芒德（Mende）和丰－罗摩（Font–Romer）。学校图书馆共藏书20万册。

友情提示：

入学时间：每年2月、10月。

入学条件：应届或往届高中毕业，参加高考，有中国正规大学录取，法语学习500学时并参加TEF考试。

西布列塔尼大学（布雷斯特大学）

布雷斯特位于法国最西边的布列塔尼地区，涉临大西洋，距巴黎500公里，人口15万，是法国最大的造船基地和重要的工业与军用港口。法国现代的“戴高乐”型航空母舰和核动力潜艇就在这里下水。布雷斯特大学成立于1968年，是一个多学科的综合性大学。学校开设的科目有文学、法律、经济管理、医学、科学技术等，其中海洋学研究非常突出，在海洋管理、海洋司法、海洋生物等方面都有着突出的成绩。学校现有学生18000多人，教师900人。该校十分注意学生就业问题，因此开设的课程专业性很强。

友情提示：

1.应届高中毕业生，参加高考并被一所大学录取。2.大学本专科毕业生，大一在读生。3.国内培训550学时+TEF考试。入学时间：每年1月、9月（校方亲自到中国面试学生）。

冈城（卡昂）大学

冈城（卡昂）（Caen）隶属于下诺曼区（Basse-Normandie）卡尔多斯省（Calvados）。位于法国西北部，靠近英吉利海峡，是卡尔多斯省会。从巴黎乘火车需要2个小时左右。这里是法国最著名的畜牧业基地，出产奶酪、烧酒和海产品。

卡昂大学前身建于15世纪，曾经在很长一段时间内是法国最重要的外省大学之一。1944年学校完全被炸毁，后于1957年重建。40多年来卡昂大学又成为了一所重要的学府，开设有法律、文学艺术、经济管理、理科与工科等课程，其中理工科的专业非常全面。现在有11个教学单位、3个学院、5个职业教育学院和1个工程师学院，共有学生25000人。学校非常注重对外交流，与世界110所大学有合作关系。

友情提示：

入学条件：年龄在18至28岁之间，大专、本科在读生与毕业生，包括成人高考（有录取通知书即可），接受过至少500小时的法语培训。

里昂第二大学（吕米艾大学）

里昂大学成立于19世纪末期，随着学科的发展和大学教育的普及，逐渐形成今天的3所大学。里昂第二大学是一个以人文科学、社会科学和经济管理科学为主的大学，教学质量非常出色。现有6个教学单位和7个学院，共有学生25000多人。学校占地16公顷，实用建筑面积6万平方米。该校与欧洲、美洲、澳洲等国家的十几所大学有交换项目，每年派出交换学生300多人，现有外国学生2400人。图书馆藏书13万多册，期刊近千种。

友情提示：

1.大二在读以上学历，在校成绩优秀，均分70分以上，

2.具备良好的英语水平和数学水平，

3.年龄18—28周岁，

4.国内大学录取通知书，

5.TEF考试成绩300分以上，

6.法语学习证明（至少500课时）。

入学时间：每年2月（春季）和每年9月（秋季）。

安卡拉大学

安卡拉大学位于土耳其共和国的首都安卡拉。1946 年,这些建立在安卡拉的学院,联合组建成了安卡拉综合大学。此后,从 1948—1979 年,学校先后建立了兽医学院、神学院、牙科学院等约 10 所学院或研究院。安大共有本科生 3 万多人,攻读硕士学位的研究生,共 2000 多人,攻读博士学位的研究生共 1000 多人。

安大的图书馆系统由主馆和许多学院的图书馆组成,整个图书馆系统藏书量约有 70 万册。

友情提示:

11 到 12 年初级和中级教育之后取

得的与土耳其相等的高中毕业证书；高中成绩单副本；足够的考试成绩：录取分数线以不同的考试为标准，学生；可以参加国际的标准考试 TOEFL、SAT 等，或有一些国家的高考，或通过土耳其学生选拔调整中心提供的国际学生考试 YOS。

申请最后日期不晚于 3 月 12 日。YOS 考试将于 4 月 18日在 17 个不同的国家举行。

1.硕士和博士的入学要求：申请硕士、博士和医学专有学位的学生需要土耳其研究生考试（LES）的成绩单，或同等国际考试的成绩（如：GRE，GMAT）。申请以上学位的学生可向相关大学的研究生院直接提出申请。

2.语言要求：学生需要证明他们有相关大学授课语言（一般土语或英语）的一定的语言基础。入专业之前，大学给没有语言基础的学生提供一年的语言预科学习。而且，大学给国际学生安排土语课。因 YOS 考试是用土语和英语，所以入学之前学生不必须会土耳其语。

3.土耳其大学要求外国学生必须购买相关意外和人身保险。学生自行承担任何校外的医疗和医药费用。

博斯普鲁斯海峡大学

博斯普鲁斯海峡大学位于伊斯坦布尔，主校区位于海峡之上，直视博斯普鲁斯海峡，距离黑海口30分钟。1863年建校，原名为罗伯特高等学院，是历史上美国的第一家海外教育机构。目前海峡大学在校生数量接近1万名，教学大楼和学生宿舍都坐落在天然的美景之中。作为土耳其最有威望的大学之一，海峡大学提供最高质量的教学，高竞争力的学科包括工程学、社会科学、自然科学和艺术类学科等。

友情提示：

11到12年初级和中级教育之后取得的与土耳其相等的高中毕业证书；高中成绩单副本；足够的考试成绩：录取分数线以

不同的考试为标准，学生；可以参加国际的标准考试TOE-FL、SAT等，或有一些国家的高考，或通过土耳其学生选拔调整中心提供的国际学生考试YOS。

申请最后日期不晚于3月12日。YOS考试将于4月18日在17个不同的国家举行。

1.硕士和博士的入学要求：申请硕士、博士和医学专有学位的学生需要土耳其研究生考试（LES）的成绩单，或同等国际考试的成绩（如：GRE，GMAT）。申请以上学位的学生可向相关大学的研究生院直接提出申请。

2.语言要求：学生需要证明他们有相关大学授课语言（一般土语或英语）的一定的语言基础。入专业之前，大学给没有语言基础的学生提供一年的语言预科学习。而且，大学给国际学生安排土语课。因YOS考试是用土语和英语，所以入学之前学生不必须会土耳其语。

建议：土耳其劳动力资源丰富，在土耳其打工很不容易，建议带齐学费和生活费。

雅典国家大学

The National and Kapodistrian University of Athens

雅典国家大学成立于 1837 年,位于阿提卡。它不仅是当时新成立希腊国第一所大学,也是全巴尔干和地中海中部地区第一所大学。创立伊始称为奥森大学,1932 年改为现名。学生人数:45000 人,教学语言:希腊语,图书馆藏量:500 万(书)。它的哲学、政治、法律、美术、运动和各种科学的历史非常悠久。作为希腊的第一所大学,雅典大学继承了希腊的优秀文化传统,大学的 5 个学院中,以神学、文科、法律最为突出。

友情提示:

本科申请条件:

1.年龄 18 到 30 周岁；

2.高中或同等学历毕业；

3.有良好的英语基础即可，无需雅思或者托福成绩。

研究生申请条件：

1.年龄 26 到 35 周岁；

2.大专毕业或者本科毕业；

3.托福 550 分以上或者雅思 5.5 分以上。

注：年龄偏大者有丰富的工作经验也可作为申请学校的有利条件，予以考虑。学生进入大学（本科、研究生）课程学习之前要求通过学校的英语测试，达不到语言标准的学生须先学习英语预科课程。

希腊的公立大学和欧洲一些国家相同，学生接受完全免费的高等教育。不过，因为公立大学一般以希腊语授课，很少接受外国学生。因此，希腊的外国留学生一般只能前往用英文授课的私立大学就读。

色雷斯德谟克里特大学

色雷斯德谟克里特大学 Democritus University of Thrace 于 1973 年 7月建校。以希腊古哲学家 Demokritos 的名字命名。学校位于马其顿和色雷斯以东的克莫帝尼(Komotini)。该校有 2 个学院 18 个专业分布在 4 个城市里，目前登记入学的学生共有 15500 名，其中本科生共有12466名。该校在建立色雷斯特色文化方面扮演着重要角色，并且在推进希腊高等教育水平方面作出突出贡献。专业：医学，农林类，法律，教育，管理，工程技术，体育，自然科学历史和民族学院、希腊文学院、社会管理学院、国际经济关系和发展学院、黑海国家的语言、文学和文化学院、分子生物和基因学。

友情提示：

申请本科课程：高中在校学生、高中毕业生、职高、中专、大专在读或毕业生 18—30 岁。

申请研究生课程：大学毕业生、大专毕业并有丰富经验 26—35 岁。

语言要求：无特殊英语要求，能达到国内高中英语水平即可，根据自己的水平在希腊参加不同等级的英语培训课程，学生进入大学课程学习前要求通过本校的英语测试，达不到语言标准的学生须先学习英语预科课程；申请硕士学位需托福成绩 550 分以上，或雅思 5.5分以上，如没有语言成绩，需先学习语言预科。

后记

感谢我的朋友们一直以来给我的鼓励，终于使我从埋头于无数的烦琐事务中抽出一些空闲，整理多年来积淀下来的那些回忆，写成这些东西，算是一种回馈吧。更要感谢我的老师和学长们，帮我作评价和指点，给了我写作的信心，虽然惭愧于文字的笨拙。还要感谢我的从事国际交流的同事们，帮助理清我许多思绪上的纷扰；同时，还有江西教育留学服务中心的朋友们，帮助整理了国外大学的资料，使每本书之后都有 20 所心仪大学的选择呈现给敬爱的读者。心存感激，致以谢意。